TAKE
SHOBO

婚約者に裏切られた王宮司書は、変装した王子殿下に溺愛されて囲い込まれました!?

小桜けい

Illustration
天路ゆうつづ

contents

第一章 006
第二章 079
第三章 133
第四章 207
第五章 275
第六章 310
あとがき 319

イラスト／天路ゆうつづ

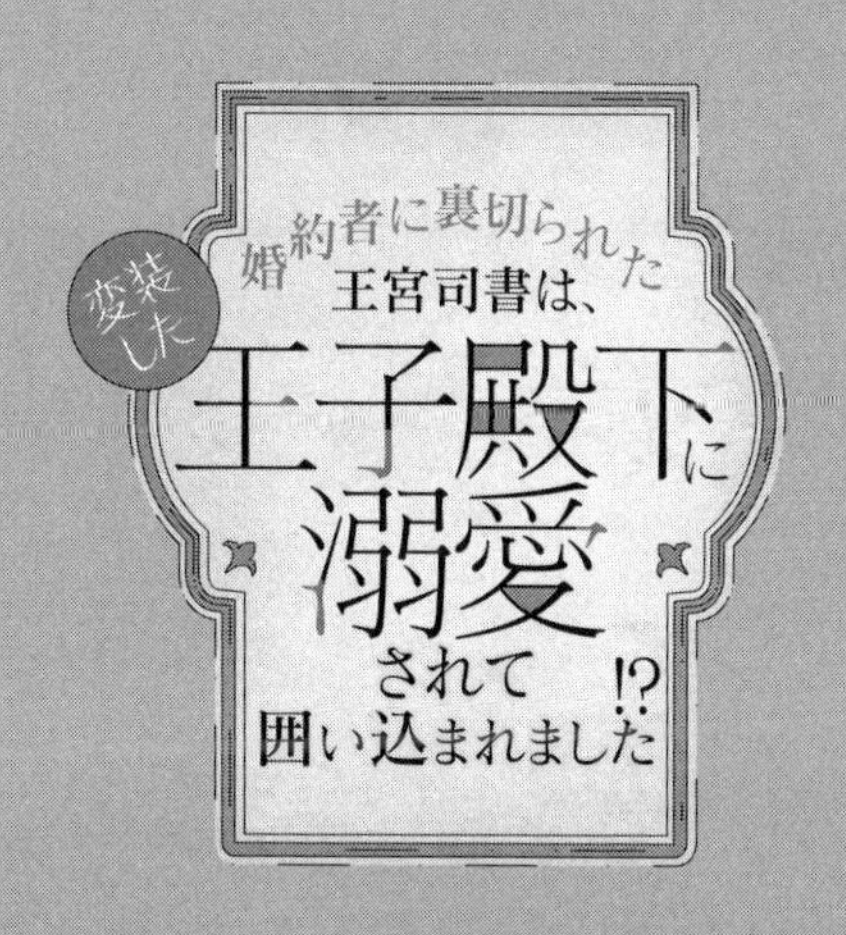
婚約者に裏切られた
変装した
王宮司書は、
王子殿下に
溺愛
されて
囲い込まれました!?

第一章

婚約破棄、万歳！

非常に不謹慎だとは解っているが、どうしてもセレナの頭に浮かぶのはその言葉だった。

（本当は喜ぶことではないのだけれど、それでも……）

図書室の本をそっと撫でながら、複雑な想いを胸中に描く。

どうしようもない男との婚約が、ずっと嫌でたまらなかったのだ。

ただ、あの男の父親が、セレナの父の親友で尊敬できる人物だから、いつかはまともな人間になってくれるのではと淡く期待していたのは確かだ。

しかしそれは結局叶わず、あの男は最後まで愚かだった。

もう仕方がない。終わった事。それだけだ。

セレナは息を吐き、グルリと周囲を見渡す。

ルクセン王宮の図書室は、豪奢で煌びやかな宮殿内でも、とりわけ素晴らしい場所だ。

広い図書室には、背の高い書棚がズラリと並び、古今東西の豊富な書物がぎっしりとつまっている。

膨大な書物は、図書室内の座り心地の良い安楽椅子で読むのはもちろん、希少本以外は貸し出しもできる。

その手続きは、図書室の中央にあるどっしりした飴色（あめいろ）の司書用机で行われていた。

美しいステンドグラスがはめ込まれた窓から、柔らかな春の夕陽（ゆうひ）が色とりどりの光になって、司書机に座るセレナを照らす。

今、図書室に利用者はおらず、一人きりのセレナを心地よい静けさと古書の匂いが包みこんでいる。

「さすがにこれだけの蔵書があると、修復する本には事欠かないわね」

机の脇に置いた籠いっぱいの本を眺め、セレナは独り言ちる。

セレナが王宮司書になったのは二年前。

十七歳の時である。

王宮司書はそれほど重要な役職ではないが、難解な文官試験と厳しい面接に合格することが求められる。

そしてセレナは最年少かつ、女性で初めて文官試験に合格した。

試験に携わった人は口々に褒めてくれ、他の部署にも誘われたが、セレナは最初からの目標であった王宮司書に就任したのである。

王宮の図書室には複数人の司書が登録され、毎日二、三人が交代で在中する。

司書の仕事は主に、本の貸し出し記録の管理や書棚の整理などだ。

王宮に出入りする人間であれば、基本的にいつでも図書室に入れるが、司書の在中は人の出入りが多い四時までとなっている。

今日も、他の司書は普段通り定刻に帰宅したけれど、セレナはいつも少し遅くまで残って、本の修復作業をするのが日課だ。

もちろんこれは誰かに強要されているなどではなく、完全に自分の望みだった。

セレナはそれなりに裕福な子爵家の令嬢だ。母は早くに亡くなったが、父と兄の三人家族で仲良く暮らしている。

よって、家に帰りたくないとか、そういう考えは全くない。

ただ純粋に、大好きな本に囲まれているのが幸せだったし、この時間にやりたいことがあるのだ。

セレナは籠の中から、酷く傷んで古びた本を取り出した。

籠に入っている本は、この図書室に置かれるうちに、経年劣化や乱暴な扱いで傷んでしまったものばかりだ。

埃を丁寧に拭きとった本を、机に置いて手を翳す。

そして、ボロボロになった古い本に向けて、魔法を使うべく意識を集中させていった。

本へ翳した両手に、体内の魔力を集めていく。

指先から両手全体がじんわりと温かくなってくると、慎重に、ゆっくりと掌から魔力を降り注ぎ始める。

魔力はキラキラした細かな銀の粒子になり、本の黄ばんだページに落ちると、シュワッと光が広がって紙が真新しい白さを取り戻していった。

「……これくらいが限度ね」

革表紙までかなり綺麗になったところで、セレナは魔力を止めた。

この修復魔法は、セレナが唯一使えるものだ。

生き物にはまるで効果がないので、傷の治療や病を癒したりはできない。

千切れてなくなったページの端などの欠損部分を作り上げるのは不可能だが、無機物で修復部分が揃っていれば、大抵の素材は修復できる。

ただ、この修復魔法はかなりの集中力を要する上に、一歩間違えるととんでもない結果を招く。

だから魔法を使っての修復作業は、他の業務と並行しながらではとてもできない。皆が帰り、図書室で一人きりになった時に行うようにしていた。

勿論、司書長の許可は得ているし、再入手が不可能な希少本の修復は特に喜ばれた。

セレナは修復の終わった本を机の脇に置き、籠からまた傷んだ本を手にとり、魔法をかけ始める。

そうして小一時間ほど修復魔法に専念すると、籠の中は空になった。

「はぁ……」

軽く伸びをして、セレナは綺麗になった本の山を眺める。

魔力と集中力をかなり使ったので疲れたけれど、それを補って余る達成感はある。……しかし、今日は今一つ心が晴れなかった。

(お父様たちに、これ以上心配をかけるわけにはいかないわ。私は平気だと安心してもらうためには、できる限り普段通りに過ごすのが一番よね)

自分を納得させようと、心の中で呟いた。

昨日『ある事件』が起きたことで、家族はセレナが酷く傷ついただろうと、とても心配をしている。

使用人達もあからさまな態度にこそ出さないが、セレナを気遣い、腫れ物にでも触るように接されるのが、かえっていたたまれない。

葬式のごとく静まり返っていた今朝の我が家を思い出し、セレナは溜息を飲み込んだ。

(もう済んでしまったことだもの！　これ以上はクヨクヨ考えても仕方が無いわ)

気持ちを切り替えようと頬を軽く叩き、本を棚に戻してこようと、籠を手にした時だった。

「相変わらず、見事な腕前だな」

唐突に背後から話しかけられ、セレナは飛び上がりそうな勢いで振り向く。辛うじて悲鳴をあげずに済んだのは、かけられた声がよく聞き覚えのあるものだからだ。

「テオ！」

いつのまにか背後にいたのは、一人の青年だった。

彼はいつも通り、長身の引き締まった身体に上品な宮廷服を纏い、王宮魔法士を示すダークレッドのローブを羽織っている。

大きなフードは後ろに避けており、燃える火のような赤い髪と、顔の上半分を覆う黒い仮面を、窓から差し込む夕日が照らす。

仮面は目の部分が形よく切り抜かれ、その奥から親しげな雰囲気を湛えたアメジスト色の瞳が、セレナを見つめていた。

「驚かせたか？　集中していたから、邪魔するのも悪いと思って静かに入ったんだが」

そう言いながら、仮面に覆われていない口元に笑みを浮かべる彼に、セレナは苦笑した。

「貴方(あなた)に驚かされるなんて、今さらよ」

この神出鬼没な友人は、その気になればいつだって気配を殺して相手に近づき、度肝を抜かせられるのだ。

正直に言うと、彼と初めて会った時はセレナも随分と驚かされた。

司書になって少しした頃、今日のように一人で本の修復をしていると、いつのまにか仮面をつけた男性が傍に立っているのに気づいたのだ。

しかも、着ているローブと仮面で顔を半分隠したその独特の容姿から、彼が『正体不明で不気味』と噂(うわさ)に聞く王宮魔法士のテオだとすぐに解った。

露(あら)わになっている顔の下半分だけを見れば、彼の容姿は整っているように思えるが、仮面で隠されている部分が人目を引くのは当然だ。

テオのことを不気味だと思う人がいるのも、無理はないと思った。

だが、外での付き合いならともかく図書室に来た人は、セレナにとっては誰でも等しく『本を求める人』である。

思った通り、用件を聞けば、彼はただ目当ての本を探しに来ただけだ。

その時の彼の態度からは噂に聞くような不気味な感じはせず、むしろ好感を抱いた。

それ以来、よく図書室に来るテオと話してすっかり仲良くなったのである。

「今日は何の本を探しに来たの？」

セレナが尋ねると、テオは首を横に振った。

「セレナと話したくて会いに来ただけだ。今日も遅くまでいると思ってな」

彼がそう言った途端、西日が作り出した影の中から、真っ赤な羽のカラスが飛び出した。

「そうそう。テオがここに来る理由なんて、いまや九割以上がそれだろ？」

カァカァッと鳴き声交じりの笑い声を立てた使い魔を、テオがジロリと睨む。

「勝手に出て来るな、フェリ」

「カァーッ、照れんなって」

「照れてなどいない！」

フェリは嘴でテオの肩をつつき、ニヤリとセレナに向かって片目を瞑った。

「セレナだって、テオが自分のために会いに来るってのなら、悪い気はしないだろ？　な？」

いささか乱暴な物言いだが、フェリに言われると不思議と憎めない。

使い魔を持てるのはごく一握りの上級魔法使いで、セレナもテオと出会う前は使い魔と話した事などなかった。

だが、この使い魔はいつもこんな調子で、テオとは親友のように軽口を叩き合っているし、セレナにもそんな調子だ。

いつもヤンチャで可愛らしくて、まるで知り合いの弟と接しているような気分になれる。

「それは勿論よ。テオは大切な友人だもの」

ドキリとした気持ちを抑え、セレナは精一杯に平然を装ってそう答えた。

テオはあくまでも友人として、セレナとお喋りをしようと来ただけだ。彼の言葉にそれ以上の意味なんて無い。

(妙な考えを持っては駄目！)

密かに自分にそう言い聞かせていると、大きな手がそっと伸びて来た。

「これから本を戻しに行くのだろう？　俺も付き合うぞ」

テオが言い、さっさとセレナの手から籠をとり、修復した本を丁寧に詰める。

「勿論、俺もな！」

テオの肩に乗ったフェリが、誇らしげに嘴を天井へ向け、カァッと鳴いた。

「助かるわ。いつもありがとう」

セレナはテオの隣について立ち、自分より頭一つ分は背の高い彼を見上げた。

どちらかと言えば、セレナは小柄な方だ。あちこちの棚に修復した本を戻す時、いちいち重たい梯子を持って移動するので非常に骨が折れる。

対して、テオは長身なだけでなく、魔法を使って本を自由自在に空中で動かすこともできた。

「それは、この棚の一番上列よ」

テオが籠から取り出した最初の本を見て、セレナは書棚の一番上の棚を指した。

書棚はたくさんあるが、分野と著者の名前順できちんと整頓されている。本の基本的な配置は、すっかり頭に入っていた。

「了解」

テオは本を片手にとり、小さく呪文を呟いた。

背の高い書棚の上部分は、長身の男性でも梯子を使わなければとても届かない。

しかし、呪文の詠唱が終わると、本は淡い光をまとって、見えない手に導かれでもするようにフワフワと宙に浮かび上がる。

同時にテオの肩からフェリが飛び立ち、傾いて隙間を塞いでいる隣の本を、器用に嘴で支えて本の入る隙間を作る。

そうして作られたあるべき場所に、本はきちんと滑り込むと動かなくなり、淡い光もすぐに消えた。

いつ見ても凄(すご)いと、セレナは感嘆の息を吐く。

テオと出会ったのは、王宮司書になって少しした頃だ。

今日のように、居残りをして傷んだ本の修繕をしていたら、それがたまたまテオの探していた本で、そのきっかけから交流が始まった。

テオの所属する王宮魔法士という地位は、王家に仕える優れた魔法使いに与えられるものだ。

魔力を持って生まれた人間でも、セレナが無機物の修復魔法しか使えないように、大抵の人はそれぞれに向いた魔法を一種類使うのがやっとだ。

しかし、強い魔力とそれを操る才に恵まれれば、努力して複数の魔法を使えるようにもなる。

王宮魔法士団は、そうした優秀な魔法使いで構成された、いわばエリート集団だ。

強力な魔法は大きな戦力になり、また災害現場の救助活動など、あらゆる場面で活躍する。

そんな王宮魔法士は当然、羨望の眼差(まなざ)しを受けるものだが、テオに限っては奇異の目が集っていた。

その理由は、彼の素顔も出自も一切が不明瞭だからだ。

古来より魔力を有する存在は貴ばれた。魔力の有無は血筋によるとされ、実際に今や魔力を持つのは殆(ほとん)どが貴族階級だ。

もちろん、魔力を持たない平民の両親から、強い魔力を持つ子どもが生まれて大成するなどの例外だってある。

ただ、王族とも接する機会が多い王宮魔法士には、相応の身元が求められる。

平民や下級貴族の出身者が王宮魔法士団に入るのには、高位貴族の養子になるか後見が必要とされた。

ところがテオは、国王夫妻が後見とされているものの、詳しい出自は全て謎だという。

そのうえ常に仮面で顔を隠し、素顔を誰にも見せないのだ。

胡散臭い事このうえないが、国王夫妻が後見とあっては、表立って彼の素性を問いただせる人間もいない。

それに加え、魔法の実力は確かで仕事でも十分な成果を収めているので、式典出席の免除などかなりの自由を許されているそうだ。

セレナはテオ以外に親しい王宮魔法士はいないけれど、変わり者と有名な彼の噂は、自然と耳に入って来る。

テオは顔の一部があまりに醜いので仮面をつけて顔を隠しているのだろう……とか。実は国王が改心させた罪人で、あの仮面の下には罪を犯した焼き印があるのかもしれない……とか。

他にも、よくも思いつくなと逆に感心するほど、突拍子もない噂が飛び交っている。

でも、セレナはそれらの噂の真偽や、テオの素顔や出自については、特に気にならない。

テオは少し秘密主義で頑固な部分があるけれど、基本的にはとても優しく思いやりがある人だ。博識だけれどそれをひけらかすこともせず、彼との会話は時間を忘れるほどに楽しい。

一人の人間を相手に好意を抱くのに、それは十分すぎるほどの理由ではないだろうか。テオと親しくなるにつれ、セレナはこの奇妙な王宮魔法士にどんどん惹かれていく自分に気がついていた。

(……もし、テオみたいな人が婚約者だったら、あんな事には絶対にならなかったのに)

テオと一緒に残りの本を片付けながら、ふとそんな思いが湧きあがってきた。

その拍子に、つい顔を曇らせていたようだ。

「セレナ?　何だか、元気がないみたいだな」

テオにまじまじと顔を覗き込まれ、ドキリと心臓が跳ねる。

「あ……大したことではないわ。少し、家でゴタゴタがあったの」

反射的にそう誤魔化した。

彼が婚約者だったらよかったのになんて、妙な想いを抱いていたのには気づかれたくない。

自分がそんな想いを抱いていると知られたら、きっとこの心地いい友情は終わってしまうだろうから。

セレナに前々から婚約者がいたのはテオも承知だ。

婚約者がありながら浮ついた気分でテオを見ていたと言うなんて、不謹慎だし彼にも失礼だ。

どう言い繕おうかと、必死に続く言葉を探していると、テオがゆっくりと口を開いた。

「婚約破棄は、少しのゴタゴタどころの騒ぎではないと思うが？」

「っ⁉」

「それとも、もしかしてあんな婚約者でも、いざ別れたら未練が出て来たのか？」

苛立たし気な声で尋ねられ、セレナはギョッと目を見開いた。

「おい、テオ……」

フェリが少し咎めるような、困ったような視線をテオに向けるが、彼は真剣な目でセレナを見つめるばかりだ。

（どうしてテオが……）

実は昨日、セレナは思いがけない出来事から婚約者と破談をした。

人の口に戸は立てられないという通り、もう少し経てば嫌でも噂が回るとは覚悟している。

とはいえ、テオは昨日の件にはまるで無関係のはずなのに、既にその情報を耳にしているなんてさすがに驚く。

それにしても……。

「テオがなぜ婚約破棄のことを知っているのか解らないけれど、婚約破棄に未練なんか絶対にないわ。私はただ、家族やおじ様に心労をかけたのが心苦しいだけよ！」

驚きつつ、心外だと思い切り主張してしまった。

あんな男にこれっぽっちでも未練があると思われるなんて……特に、テオにそう思われるのは本当に嫌だった。

「そっ、そうか……余計な事を言って、気を悪くさせたようで悪かった」

思わぬ剣幕に驚いたのか、テオがあたふたと狼狽えた様子で頭を掻く。

その様子にセレナも落ち着きを取り戻し、続いて湧きあがる自己嫌悪に眉を下げた。

テオがどこからゴシップ情報を手に入れたとしても、興味本位や揶揄で探りを入れるようなことはしないはずだ。

セレナだって、テオと親しく接しているといっても、彼をよく知っているとは言えなかった。

素性どころか、仮面をとった素顔すら知らない。

それでも、風変りながら優しい人なのは確かだ。

きっと、セレナが浮かない顔をしていたことで、本当に心配してくれたのだろう。

「私こそ、八つ当たりで怒鳴ったりしてごめんなさい。婚約破棄について未練がないのは本当だけれど……自分の不甲斐なさに苛々していたの」

脳裏に苦い記憶が次々と蘇り、セレナは溜息をついた。

——セレナには、生まれた時から婚約者がいた。

相手は三つ年上の、デミトリーというダンケル伯爵家の一人息子だ。

セレナの父と、デミトリーの父であるダンケル伯爵は、寄宿学校時代からの大親友で、お互いに男女の子どもが生まれたら結婚させようと約束していたらしい。

二人とも愛妻を早くに亡くしたが、互いに再婚はせず亡き妻を忍びながら子どもを育ていこうとして、友情はいっそう固く続いていた。

ダンケル伯爵は、威厳と貫禄（かんろく）がありながらも優しく親しみやすい、本当に尊敬できる人物だ。

セレナも幼い頃から可愛がってもらい、『おじ様』と呼び慕い続けている。

しかし一方で、肝心の婚約者であるデミトリーとは、年を重ねるごとに心の距離が開くのを感じていた。

幼少期にはセレナの兄も含め、デミトリーと三人で仲良く遊んでいた時期もあった。だが成長するにつれ、彼はセレナを露骨に見下し始めたのだ。

デミトリーは、早世した伯爵夫人譲りの端麗な容姿を持つ優男だ。

魔力が少ないので魔法の勉強こそ早々に放棄したものの、他の学問では優秀な成績を収めているうえに、何かと要領がいい。

子ども時代から大人たちの前で上手（うま）く立ち振る舞っては可愛がられ、十五歳で社交デビューをすると、婚約者がいるにも関わらず、たちまち令嬢達の憧れの的になった。

そして人前では婚約者に誠実な好青年を演じつつ、華やかで美しい令嬢に比べれば、セレナは地味な容姿のつまらない女だと、影ではいつも蔑んでいた。

父や兄なら、セレナが真摯に訴えればデミトリーの外面だけに騙(だま)されず、しっかりと真偽を確かめてくれると思う。

しかしその結果、もう一人の父親も同然に慕っているダンケル伯爵にも影響が及ぶのは確かだ。

清廉潔白なダンケル伯爵が、息子は外面が良いだけの下種(げす)だと知ればどれだけ悲しむか……。

下手をすれば、父とダンケル伯爵の長い友情にまでヒビを入れてしまうかもしれない。

そう考えると、デミトリーの本性を打ち明けて結婚は嫌だと、迂闊(うかつ)に訴えられなかった。

それに、婚約相手から『地味でつまらない』と嘲られるのは、自分にも責任があると思ったのだ。

セレナの容姿は醜いとまではいかなくとも、ごく平凡な部類だ。髪と瞳もありふれた茶色で、他にも特筆するべき美しさはない。

それに食べても太らない体質で、華奢(きゃしゃ)といえば聞こえは良いが、胸も腰も肉感的な魅力には欠ける。

使える魔法だって、生物を治癒できるのなら魔法医師として重宝されたが、無機物の修復魔法を使える者など珍しくはない。

華やかな美女が山ほどいる社交場では、本当に地味で埋もれてしまう。とても注目を浴びるような存在ではないと、我ながら思う平凡さだ。

だから二年前、王宮司書に空きができたと聞いた時も、応募したって自分など採用されないだろうと、勝手に卑屈になって落ち込んでいた。

しかし、それをたまたま知ったダンケル伯爵が『やる前から諦めるのが癖になったら、何もできなくなってしまうよ』と、背中を押してくれた。

そこで、駄目で元々と思い切って受けた試験に合格した時は、夢かと思うほど嬉しかった。

父も兄も、それからダンケル伯爵も、まるで我が事のように喜んでくれた。

一方でデミトリーは、表向きでこそ祝いを述べたが、明らかに面白くなさそうだった。

セレナが王宮司書の試験を受けると決めた時に、絶対に受かるはずがないと、陰で散々馬鹿にしてきたからきまりが悪かったのだろう。

そう考えて大して気にしていなかったし、セレナとしてもそれで得意になるつもりはなかった。

ところが、王宮務めを始めるとすぐ、デミトリーは掌を返したように急に優しくなり、早く結婚しようとセレナをせっつくようになったのだ。

国の法律では、成人の十七歳になれば結婚が許されるものの、昨今では二十歳くらいまで未婚の令嬢も珍しくはない。

父もダンケル伯爵も、結婚の時期はセレナたちの意思を尊重するので、好きにして良いと言ってくれていた。

いずれは結婚が確定している相手なのだし、デミトリーが心を改めてくれたのなら、早く結婚した方が両家の父親だって喜ぶと思う。

でも、花束を持ってニコニコと近づいてくるデミトリーの目の奥は、いつも本心から笑っていないようで不気味だった。

確証はなかったが、どうも何か企んでいるようで、気味が悪い。

結婚の話題があがるたびに、なんだかんだと理由をつけてうやむやに誤魔化していたが……。

――昨日の休日。

セレナは久ぶりに朝からのんびりしていた。

いつもなら、休みの日は社交の付き合いや、そこに必要な装身具の購入などで殆ど潰れる。

デミトリーとの結婚に気が進まないとはいえ、いずれダンケル伯爵家に嫁ぐ身だ。その時に、伯爵夫人らしい社交をできなければ困る。

なので、普段は司書の仕事に専念し、休日は社交に励むのだが、その日は珍しく何もなかった。

父と兄も普段から、家で領地と事業の管理に勤しんでいるけれど、セレナがのんびりできるならと早めに仕事を切り上げてくれた。

そうして久しぶりに家族団らんで午後のお茶を楽しんでいた時、父宛てに届いた小包が、大騒動の発端となったのだ。

差出人の名は書かれていないが、王宮からの印が押されていた。

父も心当たりがないそうで、開けると中に入っていたのは記録用の魔法石板だった。

映像と音声を鮮明に再現できる魔法の石板は、かなり高価な魔道具だ。

半透明の赤い石板は、セレナの掌ほどの大きさで、中央にある青い光を押せば記録内容が見える。隅には記録が撮られた日時を示す数字が、やはり青い光で小さく浮かび上がっている。

これを見る限り、数日前に撮られたもののようだ。

とにかく見てみようと、父が再生開始の光を押した瞬間、その場の空気が凍り付いた。

魔法の石板に映し出されたのは、どこかの寝台で抱き合っている若い男女……しかも、男の方はデミトリーだったのだ。

クスクス笑いながらいちゃついている二人は、かけ布で身体を覆ってはいたものの、剥き出しの肩や素足が露わになっている。

まだ経験のないセレナでも、明らかに情事の関係にある仲だと容易に察せられた。

『約束ですよぉ。セレナ様と結婚しても、私を愛人に囲ってくださるって』

媚びた声をあげてデミトリーにしなだれかかる女は、よく見ればダンケル伯爵邸に勤めるメイドの一人だった。

いつもはきちんとまとめている金髪の巻き毛を垂らし、濃い化粧をした彼女は別人のようだったが、目元に二つ並んだ特徴的な黒子ですぐに解った。

確かドリスと言う名で、何となく敵意のある視線を向けられていた気がしたが、こういう事だったのか。

妙に納得したセレナの前で、映像は止まらずに動いている。

『心配するな。本にかじりついてばかりの暗い女でも、貴族の血筋で父上のお気に入りだから、仕方なく結婚するだけだ。馬鹿がつく真面目さだけは取り柄だから、面倒な付き合いや家の取り仕切りも任せられて便利だろう』

デミトリーがドリスの頭をポンポンと叩き、口の端を歪めてせせら笑う。

『司書など大した役職でもないのに、父上はアイツの合格に大喜びだ』

ニンマリと、悪意に満ちた笑みを浮かべたデミトリーが、上機嫌で続けた。

『だから、宮仕えの妻を持つのに相応しい立場でいたいと上手く煽て、セレナと結婚したら俺に爵位を譲って引退するよう納得させた。爵位さえ手に入れば、煩(うるさ)い父上は田舎にでも追いやって、俺の好きにできる』

ドリスも満足そうに笑い、チラチラとかけ布から覗(のぞ)く豊満な身体を、デミトリーに押し付ける。

『ウフフ。セレナ様ってば可哀想！　御立派な王宮務めだと鼻を高くしてデミトリー様と結婚しても、実は本当に愛されているのは私だなんてね。そんなことを知ったら、私なら惨めすぎて生きていけないかも～』

『どのみちアイツは、気づいたところで何も言わないさ。俺と不仲になれば、父上を悲しませると気にしているから……』

そこまで映像が流れたところで、父が魔法石板の表面を激しく叩いた。

映像と音はたちまち消え、石板はただの半透明な姿に戻る。

その後はもう酷い騒ぎになった。

父と兄は滅多(めった)なことでは怒らない柔和な性格だが、血相を変えて激高した。

魔法石板を握りしめ、これを証拠にセレナの婚約を解消させると、ダンケル伯爵家へ怒鳴りこみに行ったのだ。

セレナも慌ててついていき、どうか冷静に話し合ってほしいと父と兄を宥(なだ)めた。

今まで、デミトリーの生々しい浮気現場を実際に見たことはなくとも、関係のある女性が大勢いるのは何となく解っていた。

彼が急に結婚をせっつきだしたのも、早く爵位を得て自由に愛人を囲いたいだけだったなら納得できると、むしろスッキリしたくらいだ。

もはや、あんな男に怒る時間も気力も惜しい。

好意の真の反対は嫌悪ではなく無関心だと、昔、何かの本で読んだが、本当にそう思った。

父と兄は少々不満そうだったものの、セレナが希望するのなら、出来る限り穏便に婚約破棄の話をすると約束してくれた。

ところが伯爵家にいくと、既に大騒動となっていた。

玄関ホールで、ダンケル伯爵が見た事のない形相で怒り狂っており、デミトリーとメイドのドリスが泣きながら床に座らされている。

顔を強張(こわば)らせた家令に事情を尋ねれば、セレナの父に届いたのと同様の魔法石板が、既にダンケル伯爵にも届いていたらしい。

デミトリーの頬が腫れ上がり、端正な顔が台無しになっているのは、父親の伯爵に思い切り殴られたからだそうだ。

セレナはもちろん、憤慨しきっていた父と兄でさえ、ダンケル伯爵のあまりの怒り様に気圧(けお)

され、唖然として見守るしかできなかった。

潔癖で誠意に満ちたダンケル伯爵は、大切な一人息子とはいえ許せぬ裏切り行為をした以上、大目に見るつもりはなかったらしい。

結局、デミトリーはその場で絶縁宣言と共に、伯爵邸を追い出された。

ドリスも蒼白になって言い訳をしていたが、逢瀬のために仲間へ仕事を押し付けていたことまで発覚し、紹介状無しで解雇された。もう条件の良い家では働けないだろう。

こうして波乱の午後は過ぎ、セレナの婚約は白紙となったのだった。

「――あの魔法石板のおかげで私は婚約破棄をできたわ。でも、送り主が誰で、何の目的かは解らない。あれを撮った人が、デミトリーの醜聞を盾に、伯爵家へ何か脅しをかけてくるかもしれないわ。おじ様は、息子の過ちは事実だから隠す気もないと言っていたけれど……」

昨日の騒動をテオに話し終え、セレナは情けない気分で眉を下げる。

「そもそも私が早くデミトリーの本性を父に訴えていれば、もっと穏便に婚約破棄できていたかもしれないのに。父やおじ様に迷惑をかけたくないなんて考えていたけれど、そのうちデミトリーの方から、他に好きな令嬢ができたと婚約破棄を言い出してくれれば、自分の手を汚さなくて済むと考えて……その結果が、この大惨事よ」

幸いなことに、父とダンケル伯爵の友情は壊れなかった。

息子の本性を見抜けず申し訳なかったと真摯に詫びるダンケル伯爵を、父は無暗に責める気はなかったし、セレナも同意見だ。

デミトリーが放逐されたことや、婚約破棄の事実についてはいずれ社交界に広まるだろうが、ダンケル伯爵が誠実な人物だったからこそ、跡取り息子でも厳しく処罰したと庇うつもりである。

それでも、不義の証拠である魔法石板の送り主が、どういった意図であれを撮ってセレナの家に送りつけてきたのかなど、相手の正体も意図も解らないのが不気味だ。

眉を下げて黙ると、テオが深く息を吐いた。

「心配はいらない。セレナの破談を目論み、魔法石板で撮ったデミトリーの不貞証拠を届けたのは、俺だからな」

「テオが‼」

信じられない言葉に、耳を疑った。

「ダンケル伯爵が息子を甘やかして婚約破棄をさせなかったら、また次の手を考えていたところだが、その必要はなかったな」

小さく肩を竦めて言ったテオを、セレナはまじまじと凝視する。

驚いたものの、明らかに隠し撮りだった浮気証拠の映像を思い出し、妙に納得してしまう。

通常、魔法石板に映像を記録させるのは、あの石板をそのまま正面に置いて写さなければならない。

だが、非常に優れた魔法使いならば、石板に埋め込むための小さな魔法石を操り、遠隔操作で景色と音を写せるそうだ。

そうした物質の遠隔操作魔法を使える者は少ないそうだが、本を魔法で書棚に軽々と戻せるテオなら、魔法石で気づかれないようにデミトリーを写すことも簡単だろう。

それに使い魔のフェリが加われば、隠れての証拠集めは造作も無かったに違いない。

しかし、どうしてテオがそんなことを……と、頭の中が混乱する。

「ああ。以前、セレナから婚約者がいると聞いた時、どうも浮かない様子だったのが気になった。そこで調べたらあの様子だったから、とても黙っていられなくなったんだ」

はぁ、とテオが息を吐いて、仮面に覆われた額に手をやる。

「ただ……セレナの意見も聞かずに独断で先走ったのは、本当にすまなかった」

深々と頭を下げられ、セレナは慌てて首を横に振った。

「そんな！　私こそ、気を遣わせてしまったみたいで……テオは優しいから、私を助けようとしてくれたのでしょう？」

確かにテオには以前、親が決めた婚約者がいると話したことがある。

その際、婚約に関して愚痴や不満を言った覚えはないけれど、もしかして解りやすく顔に出ていたのだろうか……。

赤面したセレナに、テオはゆっくりと首を横に振った。

「優しいなど、大層な心持ちじゃない。俺はセレナを好きだから、どうしてもあんな男と結婚させたくなかっただけだ」

きっぱりと告げられ、セレナはまたも耳を疑った。

（テオが……？　私を……？）

何かの冗談かと一瞬思った。

だが、いつもならすぐに茶化し始めるフェリまでもが真剣な表情で押し黙っているのが、余計に冗談でないと物語っている。

大きく心臓が跳ね、急速に頬が熱くなるのを感じた。

（っ……落ち着かなくちゃ。好きと言っても、色々な意味があるもの）

テオと親しくなってから、二人きりで気楽にお喋りする時間はたくさんあったが、妙な男女の関係を匂わされたことなど一度もなかった。

だからこそセレナも、仮にも婚約者がいる身ながら、テオと過ごす時間に罪悪感を覚えずに済んだのだ。

彼の『好き』は、あくまでも友人としての好意に違いない。

きっと彼は友人への親切心から、セレナの不実な婚約者を追い払おうとしてくれたのだろう。

妙な考えをするなと、己を叱責する。

それでも目が泳ぐのを止められずに狼狽えていると、テオが深く息を吐いた。

「急にこんな事を言って、困惑させるのは承知している。それにもう一つ、驚かせてしまうと思う」

彼が黒鉄の仮面に手を当て、セレナが聞いた事のない呪文を唱える。短い詠唱が終わると同時に、カチリと小さな音がして仮面が外れた。

テオが、今まで決して外さなかった仮面を手に持ち、セレナを正面から見つめる。

「っ!?」

その顔を見て、驚愕に息を呑んだ。

誰にも素顔を見せないと言われているテオが、急に仮面をとったのも意外だったが、驚いたのはそれだけでない。

黒鉄の仮面をテオが片手で取ると同時に、彼の髪が色を変え始めたのだ。

炎を思わせる赤い髪が、毛先からどんどん輝く銀色に変わっていく。

そして同時に、彼の肩に乗っていたフェリの全身も淡い光に包まれて白銀の色を帯びていく。

ほどなくして、全ての髪が美しい銀色になったテオと、その肩に乗った美しい白銀の鷹を見て、セレナは硬直した。

「テオ……貴方は何者なの？　貴方の素顔は初めて見たけれど、その、髪の色まで……それに……フェリも……」

完全に混乱しきり、セレナは声を上擦らせる。

だって、目の前にいるテオは、まるで……。

「第三王子とその使い魔にそっくり——と、不思議に思ったか？」

にこやかに問われ、硬直したまま無言で小さく頷いた。

——第三王子テオバルト。

彼は、セレナより二つ年上で、この国……いや、近隣諸国でもっとも有名な人物だ。

弱冠五歳であらゆる種類の魔法を使いこなし、今や歴代最年少で王宮魔法士団の団長を務めている。

そのうえ文武にも長けて非の打ちどころのない天才。白銀の翼を持つ美しくも強力な使い魔を有し、本人どころか使い魔も含め、能力にも容姿にも恵まれている。

セレナは式典で何度かテオバルトの姿を少し見たくらいだが、天は二物も三物も、彼に与え

ていた。

鼻筋の通った端麗な顔立ちに加え、月の光を紡いだような銀髪は幻想的なまでに美しい。才能豊かで容姿端麗な第三王子に、多くの女性が心を奪われるのも納得だと思った。

その肩に乗って、堂々と群衆を見渡している白銀の鷹の使い魔も、その高貴な雰囲気にいっそう拍車をかけていた。

ただ、彼は極度の人嫌いで、必要最低限にしか人前に姿を現さないそうだ。

王族の揃う重要な行事の場にも、ほんの少し顔を出して気づけば煙のように姿を消している。

だから、セレナが司書として王宮に勤めるのを知った親戚の令嬢から、テオバルトと会えるように手引きしてほしいなんて頼まれた時も、とても無理だと断った。

王宮で働けば、普段から王子と接する機会もあるだろうと甘く考える人もいるが、司書はそこまで重要な役職でもない。

普段は図書室にずっといるし、たまにあちこちの部屋に本を届ける用事を頼まれるが、王族と親密になる機会など皆無だ。

件の令嬢にはそれを説明して納得してもらい、実際に今まで王族と関わる重要な仕事などなかった。

セレナが関わるのは、図書室をよく利用する文官や、各部屋に置く本を取り換えにくる侍女などが主である。

……それから、もう一人だけ。人目を忍ぶようにいつも他の利用者がいる時間を避けてやってくる、不思議な王宮魔法士のテオだ。

今まで、彼の素顔や素性が一度も気にならなかったわけではないが、無理に聞き出すつもりはなかった。

しかし仮面をとって整った素顔を露わにし、髪の色も変わったテオは、どこからどうみても第三王子テオバルトに瓜二つだ。

呆気にとられているセレナに、テオが手に取った仮面を軽く振って見せた。

「この髪の色の方が、俺の本当の姿だ。テオバルトだとバレないように、仮面に魔法をかけて髪の色を変えていた。そしてフェリも……」

チラリとテオが肩に乗った鷹に視線を送ると、ツンとすました態度だった鷹が、セレナに向けてパチリとウィンクをした。

「俺も、こっちが本当の姿だ。男前で惚れ直しちまったカァ～?」

鷹の身体はカラスより一回り以上も大きく、幾分か鳴き声は低くなっていたものの、その軽い口調は間違いなくフェリだ。

だが、今のセレナにはとても軽口になごむ余裕はなかった。

「本当に……テオは……テオバルト殿下だったの……？」

自分の喉から出た声は、滑稽な程に掠れていた。これは夢ではないかと自分の頬をつねってみるが、ちゃんと痛い。

「そう、俺はテオバルトだ。だから、驚かせてしまうと言っただろう」

苦笑して肩を竦められ、セレナはさぁっと顔から血の気が引いていくのを感じた。

「し、知らなかったとはいえ、これまで殿下に馴れ馴れしく……申し訳ございません！」

慌てて、精一杯に深くお辞儀をする。

どうしてテオが正体を隠していたのかはともかく、王族に対して気安く友人扱いしていたなど肝が冷えた。

正体を露わにした彼が、いきなり不敬罪だったなどといってセレナやその家族を罰したりするはずはないと思うが、とんでもない無礼をしていたのは事実である。

俯いたまま震えていると、静かな声が頭上から降り注いだ。

「顔を上げてくれ。俺の都合で隠していたのだから、セレナが謝る必要はない」

「……ご、ご寛容なお言葉に感謝いたします。殿下」

おずおずと顔を上げると、テオはとても悲しそうな顔をしていた。

「これも勝手な願いだが、できれば今まで通りに、テオと呼んで普通に話してほしい」

「いえ、王族の方に対して、流石にそのような真似は……」

慌てて一礼をして、一歩引いた。

たじろぐセレナを見て、彼がシュンと眉を下げた。

「二年間も正体を偽っておいて、こんな事を言うのは虫のいい話だと解っている。全て話せばセレナに距離を置かれる危険も覚悟していたが、いざそうなったら心底から堪えた」

悲しそうに言った彼の目は不安そうに揺らいでいる。

まるで、捨てられる寸前の子犬のようだ。

「で、ですが……」

思わぬ反応に狼狽えた。

セレナにとって、王族で魔法の天才ともてはやされるテオバルトは、遥か雲の上の存在だ。

式典で遠目に見たテオバルトは、いつだって礼儀正しくありながら、見えない空気の鎧を纏って誰も近寄らせないような……どこか、孤高で冷たい雰囲気がただよってきた。

しかし今、こちらをじっと見つめる彼からは、そんな雰囲気など微塵も感じない。

「頼む。セレナ」

泣きそうな声で懇願され、ウッとセレナは息を呑む。

相手の身分が高いとわかった途端に媚びだすのは、みっともないし、相手に失礼だと思う。

でも、ついさっきまで親しく会話していたのに、テオが王族だと知ったらいきなり余所余所しくなるのは……？

自国の王族へ礼儀正しくするのは当然だが、彼がそれを望まないのなら、頑なに拒むのもどうだろう。

それだって結局は、相手の中身よりも身分だけを重視し、厄介ごとにならないよう距離をとる自己保身だ。

何よりも、テオにこんな悲しそうな顔をさせたくない。

「…………テオが良いと言うのなら、今まで通りに話させてもらうわ」

思い切ってそう言うと、テオの表情がパァッと明るくなった。

何度か式典で見たテオバルト殿下は、いつだって他者を寄せ付けない雰囲気を纏った、冷たい無表情だったのに。

嬉しそうに目を輝かせてセレナを見つめる彼は、まぎれもなく友人の『テオ』なのだと実感する。

「良いに決まっている！」

勢いよく頷いた彼に、セレナはふと疑問を抱いた。

「でも、どうして私に正体を明かす気になったの？」

セレナの婚約破棄に独断で手を回したというだけなら、彼はその事実を話すだけで済んだはず。

先ほどのやりとりから、テオは自分が第三王子だと明かすのを躊躇っていたようなのに、なぜわざわざ急に正体を告げたのだろうか？

尋ねると、テオは無言でソワソワと視線を彷徨わせていたが、フェリから頭をゴスッと嘴で突っつかれて悲鳴をあげた。

「痛っ！　何をするんだ！」

「お前が今さら照れてどうすんだよ！　ここまで来たら腹くくれって！」

式典で遠目に見ていた時の神々しい使い魔の雰囲気はどこへやら。フェリの中身も、セレナが知っている陽気なカラスのままだったらしい。

「俺は邪魔しないように消えるからな。後は二人でちゃんと話し合えよ」

そう言うと、フェリは来た時と同じように、スゥッと音もなくテオの影の中へと消えて行った。

「……」

「……」

残されたセレナとテオの間に、気まずい沈黙が満ちる。

だが不意にテオが、真剣な表情でセレナを見据えた。

「セレナに素性を告げたのは、俺と結婚して第三王子妃になってほしいからだ」

「……」

たっぷり、一分間は沈黙があっただろう。

あまりに予想外の言葉に、完全に硬直していたセレナは、ようやくヒクッと口の端を引き攣(ひつ)らせた。

「あ……はは、冗談よね？　もしかして、私の婚約破棄に一役買ったから気を遣ってくれたの？　でも今の所、焦って結婚相手を探すつもりはないから大丈夫よ」

乾いた笑い声を絞り出すと、テオは心外そうに眉をひそめた。

「ついさっき、セレナが好きだと言ったばかりだろうが。まごうことなく本気だ」

「あれは、つまり、その……友人として好ましく思ってくれているという意味かと……」

混乱にクラクラと眩暈(めまい)を覚えつつ、必死に言葉を紡ぐ。

先ほどからのあまりの急展開に、とても思考が追い付かない。

「俺はセレナを一人の女性として魅力的に思い、愛している。急な事ばかりで混乱させるだろうが、どうか俺の気持ちを受け入れてほしい」

しかし夢ではない証拠に、真摯な声で言ったテオに、両手を包み込むように握られた。

（えっ、ええっ⁉　ど、どうしたら……）

伝わる温かな手の温度はどう考えても現実で、セレナをみつめるアメジスト色の瞳は、確かにいつも仮面の奥から見えていたテオのものだ。

皆に崇められる第三王子テオバルトを遠目に見た時には、凄い人だなぁとしか思わなかったのに、彼がテオだと分かった今では不思議なほどに胸が高鳴る。

だって、ずっと好きだったのだ。

仮面で素顔が知れなくても、愉快な明るい声音は、聞いているこちらも楽しい気分にさせてくれる。

詳しい素性が知れなくても、彼は王宮魔法士として立派に務めていた。

図書室によく来るのも、難しくて読みづらい古文書を現代用に解りやすく解析し、王宮魔法師団に役立てたいからだ。

そんな彼に、婚約者がいる身で駄目だと思いつつ、密かに惹かれていた。

そして今、セレナを縛る婚約はなく、テオから愛していると告げられていて……。

「テオ……」

うっとりと、操られるように頷きかけた寸前で、我に返った。

（ちょっと待って！　これは駄目よ！）

もしテオの正体を知らなければ、喜んで彼の手をとっていたはずだ。

父も昨日の事件の後、婚約を押し付けたのを反省したと悔い、結婚相手はセレナが自由に決めて良いと言ってくれた。

でも……。

一気に頭が冷えて、慌てて彼の手を振りほどく。

「ごめんなさい。気持ちは嬉しいけれど、私では貴方にとてもつり合わないわ」

危ない、危ない。

つい夢心地で、恋愛小説の主人公になったような気分に酔いしれ、現実を見失う所だった。

近頃では王族でも恋愛結婚をする者が多く、現在の王妃様はなんと男爵家の出身だ。

並外れた美貌と、貴族の通う王立学院で入学から卒業まで主席を守り通した才女に、当時の王太子であった国王が惚れ抜いて結婚を迫った話は有名である。

国王夫妻の馴れ初めは、多くの下級貴族の令嬢に『自分たちも王族や高位貴族に見染められる可能性がある』と夢を与えたけれど、現実はそれほど甘くない。

王妃が今の地位につけたのは、彼女が出自の不利を覆せるほどの、突出した才覚の持ち主だからである。

対してセレナは文官試験にこそ受かったものの、結局は元婚約者にも地味でつまらないと軽んじられたような女だ。

テオの正体を知らないまま、たまたま親しくなったとはいえ、歴史が始まって以来の天才と誉高い第三王子に相応しいとは言いがたい。

「つり合わない？　俺の方がセレナに惚れ込んで求婚したのに、どうしてそんな風に思うんだ？」

キョトンとテオに首を傾げられ、面食らった。

「どうしてって……私はただの子爵家の娘なのだし……」

「俺は身分の高い女性と結婚したいわけじゃない。自分が認めて愛した女性を妻にしたいだけだ」

「いえ、褒めてくれるのはありがたいわ。……でも、私は本当にテオに釣り合うような優れた女じゃないのよ。自分でもそれは解っているわ」

「いいや、解ってないな。セレナは聡明で美人だから、この絶好の機会を逃したら、またすぐ婚約者が出来かねない」

真剣な顔で熱弁され、セレナは思わずポカンとして彼を見上げた。

同時に、可笑しくなってくる。

「まさか！　とても私を買いかぶってくれるけれど、社交界でも男性から積極的に声をかけられる存在ではなかったわ」

苦笑すると、テオが物分かりの悪い子を前にしたように溜息をついた。

「それはあの婚約者がいたからだ。ダンケル伯爵は多方から尊敬されている人格者だからな。その息子の婚約者に手出しをしようとする輩はいないだろう」

「それは……」

「だいたい、現に俺はこうしてセレナを好きになって口説いているぞ？　これでもまだ自分を魅力的だと認められないのか？」

彼の真剣な眼差しに、思わず後ずさった。

（どうしよう……）

このままでは本当に流されてしまいそうな予感がした。

いや、もう半分くらい流されかけている気もするけれど、まだギリギリのところで踏ん張る理性が残っているうちに逃げなければ！

「あの……あ、そろそろ帰らなくては！」

「待ってくれ！」

立ち去ろうとするセレナの手首を掴み、テオが悲しげな顔で訴えかける。

「どうしても、俺を恋愛対象には見られないのか？」

「……っ」

きっぱり、『そうだ』と答えられれば良かったのに。

そんな顔をされると辛い。

個人的にテオを恋愛対象には見られないのではなく、自分など王子妃に相応しくないと思うから断っているだけだから。

テオが望んでくれるのなら……と、未練がましく縋りたくなる。

セレナが視線を彷徨わせたのを、テオは見逃さなかったらしい。

彼の両腕がセレナの背後にある書棚を突き、逃げ道を封じられる。

「セレナ、答えてくれ」

「その……。テオのことは……好きだけれど……」

ずいと迫って来る彼の迫力に負け、つい本音を口にしてしまった。

「じゃあ、素直に俺の求婚を受ければいい」

テオがニヤリと不敵な笑みを浮かべ、セレナを抱き寄せた。

同時に、セレナにはよく聞き取れない複雑な発音の呪文を彼が唱える。

「っ⁉」

突然、グラリと視界が暗転した。

足元が崩れ落ちるような感覚がして、反射的に目を瞑り、自分を抱きしめているテオに縋りつく。

「もう目を開けて大丈夫だ」

テオの声が聞こえて恐る恐る目を開けると、そこは見慣れた王宮の図書室ではなく、瀟洒な調度品の揃う部屋だった。

「ここは……？」

「俺の私室だ」

「……はい⁉」

何を言われたのか理解できず、思わず固まると、彼の指が優しく顎に触れた。

「俺は必死だ。セレナに踏ん切りがつかないのなら、いっそ既成事実を作ってしまおうと思うくらいにはな」

「……っ！」

とんでもない発言に、思わず目を剥く。

間近でセレナを見つめる彼の目には熱いものが籠もり、冗談では済まされない空気が伝わってくる。

強い視線に射すくめられてセレナが身動きできないでいるうちに、彼の顔が近づく。

いたたまれずに目を閉じると、唇に柔らかな感触が触れた。

「んっ……」

軽く触れるだけの口づけだったが、甘い刺激に頭がクラクラした。

「好きだ」

切なげに細められた瞳に見つめられて、胸が早鐘のように高鳴る。

拒絶しなければと思うのに、身体が動かない。

顔を真っ赤にしたまま黙っていると、再び唇を重ねられた。

今度はもっと深く濃厚な口づけだった。

「っ……ん……」

何度も角度を変えて唇を吸われると、息苦しさと興奮からか、両眼が勝手に潤んでくる。

「セレナ……好きだ。頼む。俺を受け入れてくれ」

耳元で囁（ささや）かれて、背筋がぞくぞくした。

「そ、それは……その……」

戸惑うセレナの頬を、テオの大きな手が優しく撫でる。

「愛している。ずっと前から好きで、俺のものにしたくてたまらなかった」

テオが切なげに眉を寄せて、もう一度口づけられた。

「好きだ、愛している。どうか拒まないでほしい」

そう囁きながら唇を啄まれ、頭がぼうっとしてくる。

(どうしよう……拒みたくない……)

ついに、そう思ってしまった。

身分違いだとか相応しくないとか、彼の告白を受け入れるのには怖気づいてしまう要素がたくさんあると理性ではわかっているのに、どうしても拒みたくない。

優しく頬を撫でられて、心地よさにうっとりとしていると、突然身体がふわりと浮いた。

「え⁉」

気が付くとテオに横抱きにされていて、広い寝台にそっと降ろされた。

彼が手早くセレナの靴を脱がせて床に放る。

「あ……」

心臓がバクバクして、呼吸がうまくできない。

「俺もいい加減に我慢の限界なんだ。セレナが拒まないでいてくれるなら、このまま進めるぞ」

「っ！　それは……」

昨日まで別の婚約者がいて、しかもテオとは正式に婚約を交わしたわけでもない。

それなのに、身体の関係を持つなんてどうかしている……。

やっぱり理性ではそう思うのに、熱っぽい目で見つめられると、何も言えなくなってしまう。

黙ったまま身動きもできずにいると、テオの手が上着のボタンにかかり、ゆっくりと外されていく。

「あっ……」

たちまち上着とブラウスを脱がされ、スカートと下着だけのあられもない格好にされた。

「綺麗だ」

耳元で囁かれて、顔がカアッと熱くなった。

「そ、そんなに見ないで……」

「無理だな。ずっと触れたかったんだ……もっとよく見せてくれないか？」

「ん……っ」

首筋に唇を押し付けられ、今まで感じたことのない感覚が背筋を走り抜けた。

首筋から肩、腕へと唇が滑り、胸元にも口づけられる。

「んっ……くすぐったい……」

思わず身をよじると、テオが喉の奥で低く笑った。

「そんなに反応されると、もっと触れたくなる」

「え？　あ……！」

彼の手がスカートの中に入り込み、太ももをゆっくりと撫で回す。くすぐったいようなその感触にゾクゾクと背筋が震えた。

「やっ……あ……っ」

甲高く甘ったれたような、自分のものとは思えない声が意思とは無関係に出て、セレナは慌てて口元を押さえる。

「声……もっと聞かせてくれ」

口元を覆う手を剥がされ、指先をチロリと舐められると、そこから頭の先まで雷に貫かれたような快感が走った。

「んんっ！」

「セレナは敏感だな」

太ももを這う手が移動し、下着の上から秘部を撫でられた。

「っ！　あ……！」

布越しに優しく擦られただけで、腰が勝手に跳ねた。甲高い声が堪えられず、恥ずかしくてたまらないのに、もっともっと触ってほしいとも思ってしまう。

「や……なんだか変に……」

初めて感じる快楽に目が眩みそうだ。

身悶えているうちに、いつのまにかスカートと胸当ても剥ぎとられ、ふるりと剥き出しの胸が彼の目に晒される。

テオがセレナの白い胸に口元を寄せ、吸い付いた。

「あっ！　あ……」

形を確かめるように両手で乳房を揉まれながら、先端に口付けされる。その途端、ビリッと甘い刺激が全身を駆け抜けた。

「や、あ……だめ……」

片方の胸の先を舌で転がされながら、もう片方の胸先を指でくりくりと捏ねられ、淫らな声を抑えられない。

「あ、ああ……ん……」

セレナはいつの間にか彼の頭を抱え込むようにしがみつき、もっととねだるように胸元を押しつけていた。

（どうして……？）

こんなに感じてしまうなんて信じられない。

今まで知らなかった淫らな自分に戸惑いながら、それでも彼に求められるままに身体を開いていくのが幸せだった。

「可愛いな」

テオに頭を撫でられながら、そっと唇を奪われる。

「ん……」

柔らかい唇を食まれ、熱い舌が口内に入ってくる。舌を絡められると、頭の芯が溶けてしまいそうなほど気持ちいい。

彼の愛撫に反応して身じろぐと、下半身からクチュリと湿った音が響いた。

(やだ……!)

自分でも濡れているのがわかる程だ。

近く嫁ぐ予定だった身として、基本的な性知識は教えられていたが、それでもいざ体感すると羞恥でどうにかなってしまいそうだ。

思わず脚を閉じて太腿を擦り合わせると、彼がふっと微笑んだ。

彼の手がそっと脚の間に降り、濡れた下着の上から花芽を優しく撫でられ、セレナは声にならない悲鳴をあげた。

「や……あ……っ」

下着の中に手が滑り込み、直接触れられて思わず腰が跳ねる。

「いやあっ！　あ……ああっ！」

今まで感じたことのない強烈な刺激に、背をのけ反らせた。

こんな感覚は知らない。

どんどん快楽の波が押し寄せてきて、自分が自分でなくなるような感覚に恐怖と不安を感じる。

そんな気持ちを見透かしたように、テオが甘く囁いた
「もうこんなになっているのか？」

そう言って、濡れた指先を見せつけてくる。

「や……っ」

羞恥でいたたまれずに顔を背けると、テオが耳や首筋に口づけながら囁いた。

「大丈夫だ。怖がらないでくれ。俺に感じているセレナが可愛くてたまらない」

「ん……んんっ……」

甘い口づけと共に与えられた快感に身を委ねながら、セレナは夢中で彼の背にしがみつく。

「あっ……あ、あああぁっ！」

固く膨らみ始めた花芽を、円を描くように弄られるとたまらなかった。身体の奥に甘い衝撃が走り、瞼の裏でチカチカと火花が散る。

ビクビクと身体を跳ねさせて、ぐったりと脱力すると、額に優しく口づけられた。

「セレナ、愛してている……」

愛おしそうに見つめられながら頭を撫でられると、胸がドキドキして止まらない。

「……本当に、最後までしてもいいか？」

緊張の籠もった声で囁かれ、ついに理性が崩壊した。

テオと結ばれたい。そのためならどうなってもいいと思ってしまった。

セレナが小さく頷くと、テオの顔にこれ以上ない程の笑みがパァッと広がっていく。

「セレナ……っ」

息が止まりそうな程に強く抱きしめられた。

数秒間、彼はそのままセレナを抱きしめ続けたかと思うと、我に返ったように寝台脇のテーブルを探り始めた。

そしてテーブルの引き出しから彼が取り出したのは、薄青い液体の入った小瓶だった。

「これは……？」

「媚薬入りの香油だ。念のために用意しておいてよかった。初めてなら、あまり痛い思いはさせたくないからな」

「あ……」

セレナは顔を真っ赤に染め、唇を噛んだ。

ここまで来たらと覚悟はしていたつもりだが、いざとなるとやはり緊張してしまう。

「大丈夫だ」

彼は安心させるように微笑むと、ゆっくりと口づけてきた。

「……ん」

舌を絡めるキスをしながら、彼の手が愛液に濡れそぼった下着をゆっくり脱がす。

「んっ……んんっ……」

やがて唇が離れる頃には、すっかり息が上がっていた。熱い吐息と共に甘い声が漏れてしまう。

死にそうになるくらい恥ずかしいのに、もっと触れられたいし触れてほしいと思う自分がいる。

そんな思いが伝わったのか、香油をまとった彼の指が蜜口に触れた途端、全身に鮮烈な刺激が走る。

「あ、あああっ！」

媚薬のせいなのか、触れられた途端に熱くて強烈すぎる快感が全身を駆け巡った。

ツプリと浅く指先を押し込まれると、わずかに違和感があったが、それ以上に強すぎる快楽が脳裏に火花を散らす。

「や……だめっ……」

侵入してきた彼の指が動く度に、ぐちゅぐちゅと卑猥な水音が響いているのがわかる。

「すごいな。どんどんセレナの奥から蜜が溢れてくる」

「言わないでぇ……！」

もう恥ずかしくて死にそうだ。

「あ、あっ！　ああんっ！」

二本、三本と増やされた彼の指が動く度に甘い喘ぎ声が漏れる。

「気持ちいいか？」

耳元で囁かれて、夢中でコクコクと頷く。もう恥ずかしくても嘘をつく余裕などなかった。

（どうしよう……）

こんなに気持ちよくてはしたない姿を晒してしまうのに、もっとしてほしいと思ってしまう自分がいる。

そんな自分に戸惑っていると、彼がゴクリと唾を呑む音がした。

「もっと乱れてくれ」

「……っ!?」

もう既に十分すぎるほど乱れているというのに、彼は容赦なく責め立ててくる。それに呼応するように身体が熱くなり、鮮烈な快楽に支配されていく。

（こんな……こんなの……）

自分はどうなってしまうのだろう？

怖いくらいの快感に怯えた瞬間、彼の手の動きが一層激しさを増した。同時に胸の先端をきゅっと摘まれて、一気に絶頂へと押し上げられた。

「ひっ！　あああぁぁっ！」

身体の芯が痺れるような感覚と共に、頭の中が真っ白になる。

「大丈夫か？」

「……ん」

気遣わしげな声に小さく頷いてみせると、彼が安心したように微笑んだ。そして再び口づけられる。

「あ……」

唇が離れると、互いの唾液で濡れた唇をペロリと舐められた。

「そろそろいいか？」

そう言って、彼が服を脱ぎ始める。

分厚いローブを脱ぎ捨てると、細身に見えていた身体は意外なほど逞しく引き締まっており、彫刻のような綺麗な身体に思わず目を奪われる。

そして腰のあたりにそそり立つ赤黒い男性器の存在に、ギョッと目を見開いた。

（嘘……あんなに大きいの……？）

想像していたよりずっと凶悪な太さと長さのそれは、とても自分の中に収まるとは思えない。

「そんなに見られると照れるな」

セレナの視線に気づいた彼に苦笑され、慌てて目を逸らした。

ただでさえ真っ赤な顔が、いっそう赤くなっていくのが解る。

「ご、ごめんなさい。変な目で見ていたつもりでは……」

必死に言い訳をすると、熱くなった頬にそっと口づけられた。

「冗談だ。セレナになら幾ら見られたって良い」

悪戯っぽく口角をあげた彼が、セレナの上に圧し掛かって来る。

脚を大きく広げられ、秘所に指とは比べ物にならないほど大きな熱い塊が押し当てられた。

その熱さと質量に、反射的にビクリと身体を震わせる。

「……怖いか？」

心配そうに顔を覗き込まれ、慌てて首を横に振った。

「っ……いいえ」

本当はすごく怖いし、未だに心の奥で、自分なんかが第三王子と関係をもっていいのかと悩んでいるのも確かだ。

けれど、テオとこの先の生涯を一緒にいられるのなら、苦労があろうと精一杯に足掻いてみたい。

ただしり込みをして、自分なんか無理だと言い訳をしてテオから逃げたら、きっと一生後悔するような気がする。

だからもう戻れないよう、早く続きをしてほしくて、自分から彼の背に腕を回して抱きついた。

「お願い……」

耳元で囁くと、彼がゴクリと喉を鳴らしたのがわかった。そして……熱い塊がゆっくりと入ってくるのを感じると同時に、全身が粟立つような快楽に飲み込まれていった。

「あっ……ああぁぁあっ！」

ピリリと微かな痛みを感じるとともに、身体の奥から熱い快感が押し寄せてくる。

「セレナ……」

耳元で名前を呼ばれて目を開けると、すぐ目の前に少し苦しげな顔をしたテオの顔があった。

彼の頬は少し上気していて、汗で濡れた髪も色っぽい。

（ああ……テオが好き）

そう思うと、胸の奥から愛おしさがこみ上げてきて、セレナは彼に抱き着く腕に力を籠める。

するとそれに応えるように、彼はぐっと腰を動かしはじめた。

「あぁっ！　あぁぁんっ！」

ぐちゅりと音がして、奥を突かれる度に頭の奥が痺れるような感覚がする。そしてそれはすぐに強烈な快楽に変わっていった。

「やっ！　あぁぁっ……！」

もう何も考えられない。

ただ、ひたすらに彼を求め続けた。

「ん……っ！」

テオが息を詰めるのと同時に、熱い飛沫(しぶき)が迸(ほとばし)った。その刺激でセレナも達する。

「はあっ！　あぁぁっ！」

しかし絶頂の最中にもかかわらず、再び腰を動かし始めたので、セレナは思わずのけぞった。

「……もう少しだけ」

そう呟くと、彼はさらに深く腰を突き上げた。

「あっ、あ……」

もう無理だと思うのに、もっともっと彼の全てが欲しいと思う自分がいる。いやらしく水音を響かせながら抽挿を繰り返すうちに、何も解らなくなる程快楽に溺れていく。

「セレナ……」

激しく求め合い何度目かの絶頂の後、甘い囁きと共に再び熱い飛沫が注ぎ込まれた。

その刺激でまた軽く達してしまい、クラリと眩暈のような感覚を覚えると、そのままセレナは意識を失った。

（やり過ぎた……）

ぐったりとした様子のセレナを見下ろしながら、テオは後悔の念に頭を抱えた。

もっとも後悔したのは、初体験だった彼女を欲に負けてがむしゃらに抱き潰してしまったことだけだ。

すやすやと眠るセレナの、汗で額に張り付いた前髪をそっと払い、彼女と初めて会った日のことを思い出す。

――二年前、図書室で見慣れない若い女性司書を見た時、これが噂の才女セレナ・ミラージェス子爵令嬢かとすぐに解った。

それまで王宮に仕える女性官僚と言えば、女性王族の世話をする女官のみで、文官の試験を受けて合格したのはセレナが初めてだったからだ。

噂では、有能ながら謙虚で人当たりの良い女性と好感触だったが、テオはそれほど信用していなかった。

当時のテオがすっかり人間不信……特に女性不信だったのが、その原因だ。

幼少期より魔法の才能を開花させ、千年続く建国以来の天才ともてはやされたうえに、容姿にも恵まれた『第三王子テオバルト』に群がる人間は昔から多かった。

幼い頃は単純に、皆にチヤホヤされるのを喜んでいた時期もある。

だが、幼児から少年になり、身体つきも徐々に男性らしくなってきた頃から、女性から向けられる視線の質が変わってきた。

明らかに異性として自分を見る目を、ただ向けられるだけだったらマシだったかもしれない。

だが、物陰でやたらと胸元を強調して迫ってきたり、二人きりになった途端に強引に口づけをしようとしてきたり……。

もちろん、そういった輩はきっぱり拒絶したが、それでもしつこく迫ってくる女もいた。しまいには、テオバルトが誘惑するから悪いのだと半狂乱になって暴れる者までいて、女性不信になるには充分な経験をたっぷり味わわされた。

国王夫妻である両親や二人の兄も、そこには心を痛めていた。

人を惹きつける魅力があるのは素晴らしいことのはずなのに、テオバルトの場合はそれが良くない方に働いてしまっている……と。

両親も兄も、テオバルトを家族の一員として大切に想ってくれている。

そこで十四歳の時、不要な災いを引き起こさないためにと皆で考えた末、王家に伝わる秘伝の魔道具を使おうと決まった。

それが例の仮面で、普段はテオバルトの素性を隠し、『王宮魔術師テオ』という人間として過ごすことにしたのだ。

魔法を籠めた仮面で顔を覆うとともに、特徴的な銀髪を赤く変えると、不思議なことに使い魔のフェリまでもが白銀の鷹から、赤いカラスへと姿を変えた。

そうして全くの別人になってみると面白いことになった。

それまでテオバルトに言い寄って来た女性や、チヤホヤしてすり寄って来た官僚が、一気に寄り付かなくなったのだ。

それどころか、出自が不明となっている『王宮魔術師テオ』について、勝手な憶測で侮辱的な噂を嬉々として流し出す始末。

テオバルトは『テオ』として過ごしている間も、強い魔法が必要な場面では熱心に活躍した。

それでも人々はテオバルトだったら褒めていたその行為を、『テオ』を相手には好奇と悪意の混じった目しか向けない。

『テオは』顔を隠し髪の色を変えているが、魔法で国のために熱心に仕える——そこだけは『テオバルト』と同じことをやっているのに。

地位と外観の違いだけで、ここまであからさまな差別をされるのかと驚いた。

テオの正体は、強力な魔法が使えるから密かに罪を許された罪人だとか。二目とみられない醜い顔を仮面で隠し、唯一の得意な魔法で周囲を見下しているのだろうとか……。

好き勝手な憶測を聞くたびに失笑した。

結局のところ、皆が見ていたのは『第三王子で容姿端麗なテオバルト』でしかなく、中身などどうでも良かったのだ。

また、フェリの場合、テオバルトとその家族以外からは『第三王子の使い魔』としか呼ばれていなかったから、初めて自分の名を名乗れると大はしゃぎだ。

だがフェリにしても、働きぶりは白銀の鷹の容姿をしている時と同じなのに、カラスは不吉な鳥だとか、血の色で汚らわしいとか言われ放題だ。

腹は立つけれど、それも仕方のないことだと思っていた。

地位や見た目という、解りやすいものに惹かれるのも人の性だと、諦めようとした。フェリも、気にするなと励ましてくれる。

それでも、もう少し……ほんの少しだけでいいから、きちんと中身を見てほしいと願ってしまうのは我が儘だろうか？

そんな悶々とした気持ちを抱えていた時、王宮図書室でセレナを見かけたのだ。

普段ならもう司書はいないはずの静かな図書室で、清楚な雰囲気の美女がボロボロになった古書を魔法で修復するのに精を出していた。

女性で初の文官試験合格者ということで、セレナの名はテオも耳にしていた。

賢いだけでなく謙虚で人柄も素晴らしく、そのうえ楚々とした美女……と、噂に聞く通りの綺麗な容姿をしていたが、彼女だって根っこは所詮他の女性と同じだと決めつけていたから、図書室にいる司書が女性だけなのは嫌だなとさえ思った。

しかし、彼女は余りにも魔法に集中しすぎてテオの存在にも気づいていないようで、見ればその本はちょうど探していた魔導書だった。

黙って眺めていると、修復が終わってセレナはやっとこちらに気づいた。

『っ！　申し訳ありません。気がつかなくて……何か御用ですか？』

驚いた様子でそう言った彼女の目は少々気まずそうだったものの、意外なことに、そこに好奇や怯えの色は何もなかった。

仮面をつけた奇妙な姿のテオをしっかり見ているはずなのに。

純粋に、テオに気づくのが遅くなってすまなかったというような、ごく『普通』の相手にする反応だった。

『ああ、ちょうどその本を探していたから……修復してくれたのか。ありがとう』

テオが彼女の手にしている本を指さすと、その白い頬が僅かに上気した。

『お役に立てたなら光栄です』

嬉しさと恥ずかしさがないまぜになったように顔を赤らめたセレナは、どうやらテオが決めつけていたほど不快な女性ではなく……むしろいい人なのかもしれないと思った。

それに本の修復は驚くほど丁寧にされていて、繊細な修復魔法をどれほど集中して行っていたのかもよく解る。

そんな彼女が妙に忘れられなくなり、テオはそれから頻繁に夕方の図書室へ足を運ぶようになった。

セレナの対応は、あいかわらず『普通』だった。

第三王子のテオバルトと見破って媚びた態度をとるでもなく、正体不明の魔術師テオと見て奇異の視線を向けるでもない。

ごく普通に、ただ一人の図書室の利用者として対応してくれる。

それが、たとえようもなく心地よかった。

最初は挨拶を交わす程度だったが、そのうち少しずつ会話をするようになり、その会話もどんどん親しい口調になっていった。

最初は『女なんて皆似たようなものなんだから気をつけろ』と警告していたフェリでさえ、実直に司書の仕事に励んでいるセレナを認め、気さくに話しかけるようになったほどだ。

そうして図書室に通い続けていた、ある日……。

『——なあ、セレナはどうして司書になるのを選んだ？　文官に合格した時、大臣から直接の引き抜き打診まであったと聞いたが』

ふとテオは興味を駆られて尋ねた。

文官試験で非常に優秀な成績を出した彼女を司書にしておくのは惜しいと、部下に引き抜きたがった大臣までいたそうなのだ。

件の大臣は人柄もよく、ダンケル伯爵とも親しい。そこからセレナの人柄なども聞いたうえで、引き抜きを打診したのだという。

司書だって決して軽んじられる役職ではないが、大臣の直属部下の方がやはり一般的には華々しい地位とみられる。

文官試験を受けるのなら多少なり成功したいという野心を持っているのだろうし、それなら条件の良い方を選ぶのが自然ではないかと、ずっと不思議だった。

『あのお話を頂いた時は、確かに身に余る光栄だと思ったわ。断るのも心苦しかったけれど……私はどうしてもこの図書室で働きたかったの』

彼女は少し恥ずかしそうに答えた。

『私は幼い頃から本が好きで、お父様と城の催しに招待された時、この図書室に入って感動したの。こんな場所で毎日本に触れ合えたらどんなに幸せだろうって……だから、どうしても司書になりたかったのよ』

『そうか。……変なことを言って悪かった』

決まりが悪くなり、テオは頭を掻いた。

セレナとそれなりに親しく付き合うようになり、もう彼女のことをよく知っているなどと思い込んでいた。

けれど、結局はたいして理解しておらず、よくいる野心家のギラついた人間とひとくくりにして侮辱したような気がして、居た堪(たま)れない気持ちになる。

だが、セレナは特に気にするようでもなくふわりと笑って首を横に振った。

『気にしないで。私が変なこだわりを持っていただけで、好条件を示してくれた方のお話に乗る方が普通だもの』

『それは……そうかもしれないが、セレナが幸せなら正しい選択だったと思う』

『ええ。私はこのお仕事が大好きなの。それに……』

彼女は少し照れたように目を伏せたが、すぐにテオを真っ直ぐに見つめた。

『司書になったからこそ、こうしてテオと親しくなれたのよね』

そう言って笑った彼女は本当に幸せそうで、その笑顔があまりにも眩しくて……気がついたら友人以上の感情を抱いているのに気づいた。

それからは大変だった。

今までのように気軽に接するようにこころがけていたが、セレナが愛しくて仕方がない。

だが、彼女には既に婚約者がいる身だ。

婚約者の父であるダンケル伯爵は、テオも好感を持てる立派な人物だ。

その息子であるデミトリーにも悪い噂はあまり聞かないが、セレナがふと婚約者について語った時、憂いた表情だったのが気になった。

結婚を先延ばしにしているのも、司書の仕事にもう少し専念したいと言っていたが、どうにも引っかかる。

そこで極秘に調べたところ、デミトリーが外面だけ良く振る舞い、陰では浮気三昧でセレナを虐げているという最悪な事実が明らかになった。

セレナは気丈に振る舞っているものの、時折見せる表情や仕草から、彼女の心が傷ついていることが解った。

だからテオは動いた。

魔法と魔道具を駆使してデミトリーの浮気証拠を掴み、彼とセレナの父親へ送りつけた。

二人の父親は、自分達の仲が良いから子ども達も仲良くできると盲目的に考えているようだったが、それが大間違いだと目を覚まさせてやったのだ。

その結果、思惑通りにセレナの婚約は破棄となりデミトリーを彼女の前から消すこともできた。

（だが……）

スヤスヤと眠るセレナの寝顔を見つめ、テオはそっと溜息を吐く。

セレナに告げた通り、本日は生まれてから一番と言っても過言ではないほどに必死だった。

今まで、魔法も勉学も武芸もわけなく目標達成できた。

自分は何でも簡単にできるのだと、自惚れていたのは事実だ。

だからセレナにも、誠実に自分のやったことと正体を明かした上で求婚すれば、彼女はきっと受けてくれるはずだと、心の奥ではそう信じ切っていた。

だが、セレナからの返答は丁重ながらきっぱりとした拒絶で、テオは頭を殴られたような衝撃を受けた。

同時に、自分の浅はかさを思い知った。

魔法の達者な第三王子として特別視され女性にすり寄られるのが嫌だなどと考えていたくせに、正体を明かせばセレナも他の女性のように尻尾を振ってくれると思い込んでいたのだ。

彼女が王宮での働きに志願したのは高い地位を欲したのではなく、彼女の愛する図書室にいたいからだと知っていたのに。

(それでも、セレナは情に深くて優しいからな……)

必死になるあまり、我ながらかなり強引に迫っていた自覚はある。

だからセレナが受け入れてくれて有頂天になったものの、頭が冷えてくると不安も湧いてきた。

断ったのにあまりにしつこく食い下がるテオを、セレナは見捨てられなかったのではと……。

何しろ、あんなにクズだった婚約者さえも、双方の父親たちに配慮して振り払えなかったのだ。

もちろんセレナに受け入れてもらえたのは嬉しいが、強引に部屋へ連れ込んで押し倒し、なし崩しに抱き潰した自覚もしっかりあるだけに、胸が痛い。

彼女を愛していると言いながら、自分の幸せばかりを考えている。このままでいたら、いずれセレナに心底から愛想を尽かされてしまう日も来るのでは……?

そこまで考えてゾッとした。

セレナに悲しい顔をさせるために求婚したのではない。彼女を絶対幸せにしたい。

テオは己の浅慮さに再び溜息を吐きながら、眠るセレナの額に口づけた。

「ん……テオ……?」

薄っすらと目を開けたセレナが、ぼんやりとした表情でこちらを見る。

「家には連絡しておくから、心配せずに眠っておけ」

そう言って掛布で身体を包み、髪を撫でてやると、半分夢現らしい彼女は気持ちよさそうに目を閉じた。

(本当に可愛いな)

そんな気持ちを噛みしめながら、しばらく彼女の寝顔を見つめていたが、ふと思い出してフェリを呼び出す。

自由奔放な性格の使い魔は、日頃からよく勝手に影から出てくるので、先ほどのように邪魔をされたくない時は気を張って閉じ込めているのだ。

「プハっ！　ようやく出れ……おっ！　もしかしなくても、ヤっちまった？」

フェリは影から出て来るなり、半裸に布を巻きつけたテオと寝台で眠りこけているセレナを眺め、ニヤニヤ下世話な笑みを浮かべる。

「煩い」

テオはギロリとフェリを睨んだ。

自分だって人のことは言えないけれど、こいつを『第三王子の使役する崇高な神鳥』と崇める周囲が、この下品な本性を知ったらさぞかし落胆するだろう。

「そう怒るなよ」

相変わらずニヤニヤしていたフェリだが、不意に真剣な表情になってテオの顔を覗き込んだ。

「思いを遂げたってわりには浮かない面だが、まさか……」

神妙な声に、ドキリとする。

「な、何だ？」

無理やりではなかった。きちんとセレナも合意をしてくれた……と、酷く強引に迫ったのを自覚していながら、頭の中で言い訳を並べ立てるも声が出ない。

そんなテオを、フェリは疑りの濃い眼差しでじっと眺めた後、フッと優しい目になる。

慰めるようにテオの膝をポンポンと翼で叩き、嘴を開いた。

「お前は大抵のことなら何でもうまくこなせるが、気にするな。童貞だったんだから、初めてでの失敗くらい……」

「はぁっ⁉　何を言う！　そんな訳あるかっ！」

テオは真っ赤になってフェリの言葉を遮った。

「えっ！　じゃあ、上手くいったのか？」

「……もういいから黙れ」

驚いた顔のフェリを、溜息を吐きながらむんずと掴んで無理やり嘴を閉じさせた。

実際、テオにとってもセレナが初めての相手で、事前に書物などで性行為の知識は得ていたものの、いざとなると緊張で頭が真っ白だった。

それでも、愛しいセレナの艶めいた表情を見れば抑えが効かず……。

つい、色々と回想に耽りそうになったところで、ハッとテオは我にかえった。

押さえていたフェリの嘴を離す。

「無駄口はいいから、両親とセレナの自宅まで伝言を頼む」

セレナを起こさないように伝言を託し、テオはそっと窓を開ける。

「了解！」

相変わらずニヤニヤ笑いながら、フェリは殆ど陽の落ちかけた空に力強く羽ばたいていった。

いつもセレナは古書の修復をして日没寸前くらいに帰宅するそうだ。

だが、フェリの知らせで、セレナの父親は娘が帰宅しないと慌てる心配はなくなるだろう。

……もっとも、セレナのいる場所や新たな婚約のことも知らせるから、別の意味で驚かせてはしまうだろうが。

第二章

「……ん」

ゆっくりと意識が浮上して、セレナは目を開けた。

(ここは……？)

見慣れない天井と部屋の匂いに気づくと同時に、自分の状況を思い出す。

(そうだ……私……)

途端に昨夜の記憶が蘇り、セレナは真っ赤になった顔を両手で覆った。

(あのまま眠ってしまって……ど、どうしよう……！)

カーテンの閉め切ってある部屋は薄暗かったが、窓の外からは小鳥の鳴き声が聞こえる。

無断外泊など、これまでの人生で考えたことも無かった。

父と兄はきっと心配しているに違いない。どう説明をすれば……など、一気に頭の中が混乱する。

慌てて飛び起きようとして、自分が一糸まとわぬ姿で寝ていたことに気づいた。

そして同時に、すぐ隣で誰かが寝ているのも見えた。

「……」

セレナは恐る恐る振り返り、思わず息を呑んだ。

上半身裸で眠っているテオが、セレナに寄り添うように横になっている。

「ええと……っ」

どうしていいか解らずパニックを起こしかけた時、テオがゆっくりと目を開けた。

「……ん？ ああ、起きたのか？」

彼は何事もなかったかのように普通に話しかけてくるが、こちらはそれどころではない。

「テ、テオ……！」

「おはよう、セレナ」

ニコリと屈託のない笑みを浮かべてテオが微笑む。

寝起きの少々気怠(けだる)そうな雰囲気と相まって、心臓に悪いと思う程にドキドキするほど彼は綺麗だった。

「お、おはよう……」

しどろもどろになりながらなんとか挨拶を返したものの、その後の言葉が続かない。

「どうした？　そんな真っ赤な顔をして……」

不思議そうに顔を覗き込まれてしまい、ますます顔が熱くなる。

「だ……だって！」

「ああそうか」と呟くと彼は納得したような顔をしたので何かと思ったが、次の瞬間には腰を引き寄せられて彼の腕に抱きこまれていた。

「え？　あ、あの……？」

裸の胸が密着し、互いの心音が伝わって顔が真っ赤になる。

「なんだ？　せっかく初めて一緒に朝を迎えたのだから、もっとイチャイチャしたかったんじゃないのか？」

テオはおかしそうに笑ったが、セレナの方はそれどころではない。

「ちっ、違うわよ！」

昨夜のことが夢ではないことは解ったし、彼が優しく接してくれているのも嬉しいが、やはり今後の不安がどうしても気持ちに圧し掛かる。

「そうか、残念だ」

テオは少々不満そうだったものの、あっさりと腕を解いてくれた。

「それよりも……体調はどうだ？」

「え？　あ……大丈夫よ」

　掛け布の陰で改めて自分の体を検（あらた）めてみると、あれだけ体液に汚れていた身体は綺麗になっているし、疲労感やどこか傷むということも全くない。

「もしかして、テオが魔法で綺麗にしてくれたの？」

　尋ねると、テオがやや気まずそうに視線を逸らしながら頷いた。

「それくらい当然だ。無理をさせたのは俺だからな」

「ありがとう」

　お礼を言うと、彼は目を細めて微笑んだ。

「どういたしまして。因（ちな）みにセレナの家にも、正式に俺から婚約を申し込みたい旨の連絡を昨夜に出しておいた」

「えっ⁉」

　思わず声をあげると、テオが怪訝（けげん）な顔で首を傾げた。

「何も言わずに帰らなければご家族が心配するだろうと思ってフェリを使いに出したが、いけなかったか？」

「い、いいえ……驚いたけれど、ありがたいわ。本当に、昨夜の私ときたら……」

　あのまま無断外泊をしてしまっていたら、ただでさえピリピリとしていたセレナの家は、確実に大騒ぎだったろう。

テオの正体を突然明かされたり求婚されたりと、昨夜の自分がいっぱいいっぱいだったのは確かだ。

それでも最低限の家族への気遣いまで忘れるなんて……と、改めて自己嫌悪に襲われた。

ああ……と、頭を抱えて寝台に突っ伏す。

年頃の娘の唐突な無断外泊。しかも、名高い第三王子から一緒にいると連絡されて、父と兄が卒倒していないか気になる。

それに伝言を頼んだということは、フェリにも昨夜にテオと何があったのか知られたわけだ。

フェリはテオの使い魔なのだから、個人的なことも知られて当然とはいえ、やはりはずかしい。

「大丈夫だ。セレナが心配するようなことはなにもない」

ポンポンと、テオに頭を軽く叩いて宥められた。

「う……そうならいいけれど……」

「ああ、もうそろそろ時間だ。セレナも今日は仕事を休めるよう取り計らってあるから、身支度を終えたら家まで送ろう」

そう言ってテオは寝台から立ち上がった。

どこまでも用意周到な彼に唖然としつつ、セレナは彼の背を見つめる。

この現実を受け止めなければと思いつつ、自分がテオと婚約だなんて未だに信じられない思いも確かにある。

その後、セレナは城の侍女の手を借りて用意されていたドレスに着替え、彼の部屋で軽く食事をとってからテオと馬車に乗った。

私的な用事ということで、馬車は王族専用のものではなく、目立たない小さなものだ。

賑やかな朝の街並みを馬車に揺られながら、セレナは思い切ってテオに切り出した。

「今さらだけれど……本当に、私などがテオの婚約者になって良いのかしら？　その、私の家よりも、まずは国王陛下と王妃殿下に許可を得るのが先だったのではないかと思って……」

よく考えなくたって、普通は国王夫妻に婚約の許可をとるのが当然だ。

それに、そうした許可を得ずに王子と身体の関係を持ってしまったのも軽率としか言いようがない。

唐突にテオの正体を明かされるなど、あまりにも昨日から驚かされすぎて、その辺りのことを失念していた。

時間を巻き戻せるのなら、どうか昨日に戻って自分にその辺りを言い聞かせたいと、頭を抱える。

ところがテオは「なんだ、やけに表情が硬いと思ったら、そんなことか」と、あっさりと言ってのけた。

「俺の方の許可ならもう得ている」

「え？　いつの間に……？」

「昨夜、セレナが眠っている間に、父上と母上には婚約の件を了承済みだ」

事もなげに言うので、思わずぽかんとしてしまった。

「ほ、本当に……？」

「嘘を言ってどうする。二人だけでなく兄上たちも賛成してくれたのだから、心配は何もいらない」

呆れ顔でテオが肩を竦める。

「そう……それならいいのだけど……」

王族の婚約は、もっと仰々しく難しい問題が山積みになると覚悟していた。

それをこんなにも簡単に承諾し、しかも既に両親に報告済みとなると……あまりにも事がスムーズすぎて、少し怖いくらいだ。

——そしてそれは、やはり父と兄も同じだったらしい。

「そ、それで……あの失礼ながら……テオバルト殿下は真に娘と婚約をと……?」

セレナの父がハンカチで額の汗を拭いながら、恐る恐るといった調子で尋ねる。

玄関でセレナと共にやってきたテオを見た時から、父と兄は見るからに緊張しきっており、応接間に座った時には二人とも滝のような汗を流していた。

「昨夜に知らせた通り、彼女とは一晩を共に過ごした。どうかセレナ嬢との結婚を承知してほしい」

テオはきっぱりと言い切ると、深々と頭を下げた。

「っ！　どうか頭をお上げください。殿下！」

あたふたと腰を浮かせる父の焦り声に、テオが頭をあげる。

「私の急な申し出に困惑するのも無理はない。だが……まずはこれを見てほしい」

そう言うと彼は例の仮面をとりだし、また不思議な呪文を唱える。

「なっ⁉」

驚く父と兄の前で、テオの白銀の髪がみるみるうちに炎の色へと染まっていく。

「こちらの姿でなら、セレナと以前から交流があると承知だろう?」

あんぐりと口を開けて固まっている父と兄に、テオが静かに話しかける。

「っ……で、では……もしや殿下は娘と交流があった……」

父が掠れた声を発し、セレナと仮面をつけたテオを見比べる。

父も兄も王宮勤めはしていないが、王都に住んでいる貴族なら当然、異端の王宮魔術師テオの噂も耳にしていた。

もっとも、二人とも人を無暗に悪く言うような性格ではないので、テオについても特に悪く言う事はなく、セレナが彼と親しい友人になったというのも気楽に話せた。

勿論、年頃の……しかも当時は婚約者がいた身の娘が、異性と二人きりでいるのはどうかと多少は思ったようだが、その辺りはセレナが不貞などしないと信じてくれたようだ。

「私が『テオ』であることは、あなた方を信頼してお話した。どうか内密に」

「は、はい！」

「勿論です！」

父と兄が揃って首を縦に振ると、テオは満足そうに頷いたが、ふと表情を引き締めた。

そして、デミトリーの浮気を魔道具に写して破談にさせたのは自分だと明かした後、深々と頭を下げた。

「デミトリーの件に関して後悔はしていないが、真実を伝えて婚約破棄をさせようと焦ったばかりに、不快な目に遭わせてしまったのには心から詫びる。どうか許してほしい」

「そんな、滅相もない！」

「そうです！　殿下に謝罪頂くようなことでは……」

　父と兄が同時に声をあげた。

「……恐れながら殿下。あの件に関しましては確かに衝撃を受けましたが、感謝しております。危うく娘を望まない相手に嫁がせるところでした」

　そう言って父が深々と頭を下げると、兄もそれに倣った。

「はい。妹は殿下のおかげで救われました。本当にありがとうございます」

　そんな二人の様子に、テオはほっとしたように微笑んだ。

「そう言ってもらえると安心した」

「ところで殿下、婚約の件なのですが……その……私の条件は一つだけです」

　父がチラリとセレナを見た。

「お父様？」

「セレナ。今度こそ私のことは構わず、お前の正直な気持ちを教えてほしい」

　父の目が真剣な光を帯び、真っ直ぐにセレナを見つめる。

「テオバルト殿下との婚約を本当に心から望んでいるのだろうか？　殿下と既に一夜を共にしたとはいえ、この先の人生は長い。お前がもし婚約を望まないのなら、私は何があろうと反対するつもりだ」

力強い声で尋ねられ、胸にぐっと熱いものがこみ上げた。

王家からの求婚を断るなど、普通の貴族ならまず考えられない。

王家の縁戚になれば家格も上がるし、不興を買いたくないという気持ちも勿論あるはず。

それでも父はもう二度と、デミトリーの時と同じ轍は踏まないと決意し、セレナの意思を尊重してくれているのだろう。

だからこそセレナも、心から素直な想いを口にした。

真っ直ぐに父を見つめて答える。

「はい。私はテオバルト殿下に望んでいただけるのであれば、喜んでお受けしたいと思っています」

「そうか……」

父は少し寂しそうに笑ったが、すぐに表情を引き締めた。

「殿下。どうか娘を幸せにしてやってください。それが叶うなら私も安心して娘を送り出せます」

その言葉にテオはしっかりと頷いた。

「必ずセレナを幸せにすると約束いたします」

「テオ……」

思わず彼の名を呼ぶと、彼は優しく微笑んでくれた。

「……よろしくお願いします」

父が微かに啜り泣くような声と共に、深く頭を下げる。

そこには確かに父の愛を感じた。

この家に……この父の娘に生まれて良かったと心から思う。

セレナは目頭を押さえつつ、テオと顔を見合わせて微笑み合った。


無事に父との対面を終え、セレナは彼と王城に戻ることになった。

「はぁ……緊張したが、これでセレナの家族の了承は得られたな」

仮面を外し、馬車に揺られながら溜息を吐いたテオを、セレナは意外な気持ちで眺めた。

彼が建国以来の天才で第三王子と知ったのはつい昨日だけれど、いつも飄々として余裕に満ちた態度でいる彼には、緊張なんて無縁だとばかり思っていた。

「意外だわ。テオでも緊張なんてするのね」

思わず口にしてしまうと、心外だとばかりの顔でジロリと睨まれた。

「当たり前だろう。俺がどれだけ決死の覚悟で臨んだと思っているんだ」

「ご、ごめんなさい……」

思わず謝ると、彼はまた溜息を吐いた。

「……いや、まあ……セレナの家族からあのように条件を付けられるのは予想していたからな」

「え？」

「俺が何者だろうと、セレナの意思が伴わなければ結婚はさせないという条件だ」

ふっと、テオが柔らかく微笑した。

向かいの座席に座る彼が手を伸ばし、セレナの髪をそっと撫でる。

「だから、セレナが受け入れると答えてくれて嬉しかった。だが……」

「……？」

ふと僅かに表情を曇らせたテオに、セレナは首を傾げた。

「どうかしたの？」

「いや……何でもない。とにかく本当に嬉しかったんだ」

そう言って彼は、セレナの手を握った。

「ありがとう、セレナ」

その笑顔に胸が温かくなる。

馬車は走り続け、やがて城の前についた。

車輪が止まる寸前、テオの影からシュバッとフェリが出現する。

「さーて、セレナ。ここからは正念場だぞ」

美しい白銀の鷹の姿のフェリが、ニヤリと笑った。

「フェリ?」

「ここからはお前が、テオの婚約者としてどれだけ相応しいかが試されるからな」

そんな大それたことを言われても、セレナにはピンとこない。

「どういうこと?」

首を傾げると、フェリが翼をはためかせて飛び上がり、馬車の窓の縁に止まった。

「いいか? お前がテオの正式な婚約者となったからには、『王子妃』の候補となる。そして周囲の嫉妬と羨望を一身に浴びるわけだ」

「っ‼」

フェリの言葉は当然のことなのに、セレナの心に大きく圧し掛かった。

テオの正体を知り、父が第三王子からの求婚に慄(おのの)いていたのを見ても、心の奥ではこう思っていたのかもしれない。

『自分は第三王子の求婚に応えたのではなく、親友『テオ』の求婚に応えたのだ……』と。

それが真実でも、周囲の人々はそう思わない。

周囲の人々が『第三王子テオバルト』を賞賛する一方で、出自が不明瞭とされていた『宮廷魔術師テオ』に、全く違う反応を示していたように、王子妃の候補となったセレナは今までと違う視線を受けることになる。

「フェリ。そんなに脅すな」

テオが顔を顰めて使い魔を睨み、セレナに励ますような笑みを向ける。

「心配はいらない。俺がセレナを守るから」

「テオ……」

胸の奥が温かくなるも、不安は完全には消えなかった。

守ってくれようとするテオの優しさはありがたいが、彼の想いに応えると決めたのはセレナ自身だ。

王子妃として、厳しい世間の目に晒される。

それがテオの求婚を受けた代償なのだ。

セレナはテオに手を引かれ、緊張に身を硬くしながら城内を歩きはじめる。

フェリはセレナがいる側と反対のテオの肩に乗り、神々しいまでの威厳で周囲を魅了している。

人々はその使い魔に賞賛の眼差しを贈りつつ、テオにエスコートされているセレナの存在にはギョッとした様子だった。

何しろセレナは昨日までは目立たぬ司書として普通に城の廊下を歩いていたのに、今はテオ……第三王子テオバルトに手を引かれて歩いているのだ。

すれ違う王宮勤めの者たちや使用人たちは皆、セレナたちに慌てて道を空けて丁重なお辞儀をしていくが、驚愕と好奇の視線をそこかしこから感じる。

今まで、人嫌いの第三王子が護衛以外の者を……しかも女性を連れて歩くなど全くなかったから、この反応は当然だ。

（……これからは、こういう視線に慣れなくてはいけないのよね）

そう自分に言い聞かせるものの、これまでとは全く異なる扱いに顔が強張ってくる。

そんなセレナと対照的に、テオは実に堂々としたものだ。

真っ直ぐに顔をあげ、多数の視線を浴びながら威風堂々と歩いている。

これが生まれながらの王族と、しがない貴族令嬢の差だろう。

仮面をつけていても、つけていなくても、テオはセレナにとって大切な人だ。

それは変わらない。

そう思っていたのに、改めて自分の立場と、彼との差を痛感してしまう。

「さて……着いたぞ」

テオが足を止めたのは、国王夫妻の部屋の前だった。

本日はセレナの父に結婚の許可が取れ次第、テオの家族にも挨拶に行くことになっている。

テオが言うに、国王一家はセレナとの結婚に賛成なので安心して良いそうだが、どうしても緊張に心臓がバクバクと鳴る。

扉の前には二人の衛兵が立っており、テオの姿を認めると直立不動で敬礼した。

「国王陛下にお目通り願いたい」

テオがそう告げると、衛兵たちは扉を開けて中へ促した。

セレナはごくりと唾を飲み込んだ。緊張で倒れそうだが、臆してばかりもいられない。

(ここまで来たらやるしかないわ)

覚悟を決めて一歩踏み出すと、テオがさり気なくセレナの背に手を回して支えてくれた。

テオにエスコートされながら部屋に入ると、瀟洒な室内では国王夫妻とテオの二人の兄が待っていた。

「俺はここまで。一休みするぜ」

フェリが満足げに頷き、シュッとテオの影に姿を消す。

「待ちわびたぞ、テオバルト」

長椅子にかけた国王が笑顔で片手をあげた。

ふさふさした顎髭と柔和な顔立ちをした国王と、四十を超えても美しい王妃は今も仲睦まじく、国一番の理想の夫婦と言われている。

「ただいま戻りました」

テオはセレナの手を取ったまま頭を垂れた。

「父上、母上、兄上方……。私の婚約者としてセレナ・ミラージェス子爵令嬢をお連れしました」

テオにそう告げられ、セレナも急いでドレスの裾を片手で摘まみ、腰を折る。

「セレナ・ミラージェスにございます。この度は突然のお話で……」

しどろもどろに言い淀んでいると、王妃がセレナに優しく微笑みかけた。

「セレナ嬢……セレナと呼んでも良いかしら？」

「えっ、は、はい……」

「貴女のお話は常々テオバルトから聞いております。この子を救ってくれた恩人だと」

「っ⁉　そんな、恩人など……」

慌ててセレナは答える。

テオは以前から図書室で会うたびに雑務を手伝ってくれたし、デミトリーと無事に婚約破棄できるようにも手助けしてくれた。

自分こそ彼に助けられてばかりなのだと言おうとしたが、それよりも早く第一王子アダンが口を開いた。

「テオバルトの人間不信をすっかり治してくれたのだから、セレナ嬢はまごうことなき、我々の恩人だ」

そう言って重々しく頷いたアダンは、母である王妃によく似た凛(りん)とした雰囲気を持つ、眉目秀麗な王太子だ。

「まったく、テオバルトがまたあんな風に笑ったり、穏やかな表情を見せるようになるとは。本当にありがとう」

第二王子であるエミリコもそう言ってセレナに笑いかける。

こちらは父親である国王に似た柔和な顔立ちとがっしりした体格で、軍務の総指揮を勤めている筋骨隆々の逞しい男性である。

「人間不信……ですか?」

思わずテオの方を見ると、彼は決まり悪そうに視線を彷徨わせた。

「まぁ……その、なんだ。俺は昔から、家族以外の人間が信用できなくてな……」

「テオバルトは小さい頃から賢くて可愛かったから、下心のある大人に狙われて、すっかり人間不信になってしまったのよ」

王妃が苦笑しながら話してくれた。

「そんなテオバルトが、いつからか楽しそうにセレナ嬢の話を私たちにしてくれるようになってね。やっと末っ子の心を開いてくれる女性が現れたのだと、本当に感謝しているよ」

アダンもそう続けたので、セレナは恐縮して身を縮こまらせた。

「いえ、私は何も……。テオバルト殿下には助けていただいてばかりです」

「謙遜する事はない。失礼ながらそなたについて調べさせてもらったが、文官試験の結果だけではなく、司書としての職務態度も見事なものだと聞く」

国王が鷹揚（おうよう）に頷き、王妃もセレナにニコリと笑いかけた。

「セレナ、どうか、テオバルトをよろしくお願いしますね」

「こ、こちらこそ、不束者（ふつつかもの）ですがどうぞよろしくお願いいたします」

セレナが深々と頭を下げると、テオの家族が優しく微笑んだ。

その表情は一国の王族ながら、平凡で、そして慈愛に満ちたものだった。

末っ子の幸せを心から祝う、一つの家族の姿がそこにあった。

「テオバルト。お前の選んだ女性だ、間違いはないだろう」

国王が言うと、王妃が未婚の長男と次男をチラリと見た。

「まさかテオが一番に結婚なんてね。貴方達もそろそろ焦った方が良いのではなくて？」

その視線を受けてアダンとエミリコはあからさまにギクリと顔を引き攣らせた。

「え……ええ。これでも一応、将来のことは考えてはおりますのでご心配なく」

「変に飛び火して来たなぁ……そのうちに決めますから」

アダンは苦笑し、エミリコは困ったように頭を掻く。

そんな二人の反応に、王妃はやれやれと溜息を吐いた。

「……まあ、良いでしょう。セレナ、貴女も何か困った事があったらいつでも相談してね？」

「はい。お気遣い頂きありがとうございます」

セレナは深々と頭を下げた。

「さて、あとは結婚の日取りと内容だが……」

国王がチラリとテオとセレナを見た。

「お前たちの意向は？」

「出来れば早い方が良いとは考えておりますが、セレナと話し合って詳細を決めたいと思います」

淀みなくテオが答え、それで良いかと尋ねるように視線を向けられる。

「は、はい！　テオバルト殿下と相談の上で決定できればと……」

セレナも慌てて答えた。

「そうだな。王族の結婚である以上、ある程度のしきたりは守ってもらうことになるが、自由にできる部分はなるべく自分達で好きにすると良い。指針が決まったら教えてくれ」

国王の言葉にテオが頷く。

「はい。では、本日はこれで失礼いたします」

テオの言葉に合わせ、セレナも深く頭を下げた。

緊張と、驚くほどの歓迎に、頭の中が混乱しきっている。

「ああ、またいつでも遊びにおいで」

そして国王夫妻とテオの兄達が笑顔で送り出してくれる中、セレナとテオは部屋を出たのだった。

その後。

セレナはテオに連れられて、城内の一画を訪れていた。

城の敷地内ではあるが本殿とは独立した造りになっている館の一つを、結婚後の新居としてテオに与えられたそうだ。

そしてセレナは早くも今日からこの館にテオと住み、五日後には城で婚約のお披露目(ひろめ)パーティを開催されるという。

城の奥まった一画に建てられた三階建ての館は、本殿と同じ白い石材で作られていながら威圧感はなく、こぢんまりとして居心地のよさそうな雰囲気だ。

館に使える専用の使用人達が既にホールで待っており、セレナは彼らを軽く紹介された。いずれも感じの良さそうな人達でホッとする。

「セレナ様の部屋付きになります、ドラと申します」

そう名乗ってお辞儀をしたのは、セレナとあまり年が変わらない侍女だ。

行儀見習いに城勤めをしている男爵家の娘だそうで、笑うとぷっくりした頬にできるえくぼが愛らしい。

一通りの挨拶を終えると、ドラがセレナに部屋を案内しようとしたが、テオがそれを遮った。

「せっかくだから俺が案内したい。これから二人で暮らす新居だからな」

『二人で暮らす』

改めてそう口にされると、ドキリと心臓が跳ねた。

何しろ、一昨日に婚約破棄を経験し、昨日に新たな求婚。そして今日から新婚約者と共に暮らすという急展開ぶりである。心の準備も何もあったものではない。

それでも、テオとこの先もずっと一緒にいられるのなら嬉しい。

「ありがとう。それならテオに案内してほしいわ」

嬉しさと照れくささが入り混じりながら答えると、満面の笑みを浮かべた彼に手をとられた。

「喜んで」

そのままエスコートされ、セレナとテオはドラ達に微笑ましく見守られながら館の中を歩きだす。

一階には立派な応接間や居心地の良さそうな居間と食堂などがあり、私室は二階になっていた。

柔らかな絨毯が敷かれた階段を上り、テオは瀟洒な扉の前で立ち止まった。

「ここがセレナの部屋だ」

そう言ってテオが扉を開けてくれた部屋は、ピンクと白を基調としたとても可愛らしい内装で、甘く爽やかな花の香りが漂う素敵な空間だった。

「あちらの扉が浴室などの水回りだ。衣裳部屋は反対側で……」

テオは一つ一つ説明しながら、扉を開けて見せる。

浴室は、蛇口をひねればお湯が出てくる最新設備が揃えられていたが、可愛らしい猫脚のバスタブと淡いピンク色のタイルが張られているせいか、無機質になりすぎず温かみがある。

十分な広さの衣裳部屋は美しいドレスや小物で溢れ、あまりの立派さにセレナは恐縮してしまう。

そんなセレナの様子に気づかないように、テオはまだ開いていない二つの扉のうち一つを指した。

「ここは特別の扉だ。セレナが自分で開けてみてくれ」

悪戯っぽい表情のテオに促され、一体何が出てくるのかとドキドキしながらセレナは扉に手をかける。

そして扉を開いた先の光景を見て、息をするのも忘れて大きく目を見開いた。

そこは壁の殆ど全てが大きな書棚になっている、立派な図書室だったのだ。

「ここはセレナ専用の図書室だ」

言葉を失っているセレナに、テオが満面の笑みで伝えた。

「私の……?」

思わず声を上擦らせて尋ね返すと、テオが優しく目を細めた。

「そうだ。気に入ってくれたなら嬉しい」

「き、気に入るもなにも……素敵過ぎて！　ああ……こんなに本がいっぱいなんて……」

うっとりと図書室を眺めていると、後ろからそっと抱き締められた。

(っ⁉)

突然の抱擁に心臓が跳ね上がると同時に、耳元に甘い囁きが落ちる。

「セレナに求婚しようと決めた日からずっと用意していたんだ。喜んでもらえてよかった」

囁かれる声は、もうすっかり聞き慣れているテオのものなのに、低く甘い声音に顔が熱くなるのを感じる。

「あっ、あの……そういえば……」

ふと重要なことを思い出し、セレナは身じろぎをして抱擁から逃れた。

「急に何だ?」

少し不満そうなテオに、扉がきちんと閉まっているのを確認してから、セレナは質問をする。

「ここで暮らしている時には、テオを何と呼べばいいの? やっぱり他の人の前では、テオバルト殿下と呼ぶべきかしら?」

『王宮魔法士テオ』と『第三王子テオバルト』が同一人物だと知っているのは、セレナ一家と彼の一部でもある使い魔のフェリを除けば、城内でさえ国王一家のみだという。

それなら生活の場でも、テオのことは本名で呼ぶ方が無難だろう。

しかし、テオはあっさりと首を横に振った。

「テオと呼べばいい」

「え……?」

「元から俺の愛称はテオで、幼少期には家族からそう呼ばれていた。仮面をつければ髪の色も変わるし、気づかれないだろう」

「そうなのね……」

確かに、テオバルトの愛称は普通なら『テオ』なのに、セレナとて二年間も彼と接してそう呼んでいながら第三王子とは気づかなかった。

「それから、これは少し言いにくいことだが……」

テオが図書室とセレナを見比べ、少し眉を下げた。

「その、せっかく王宮司書になったセレナには申し訳ないと思うが、こればかりは……」

言い辛そうに言葉を濁す彼の言葉にピンときて、胸が鋭い針で刺されたように痛んだ。

得るものがあれば、代償に手放さなければいけないものもある。

王子妃になる以上、王宮司書の職務との兼任は難しいのだろう。

言い辛そうに言葉を濁す彼を、セレナはおずおずと見上げた。

「私の……お勤めのことかしら？」

我ながら未練がましいと思いながら、どうしても胸がザワつき、残念な気持ちを完全に消せない。

王子妃とあれば、下級文官にすぎない司書でいるより、相応の振る舞いを求められるだろう。

テオの求婚を受ける決意をしたからには、仕方のないことだ。

こんなに素晴らしい個人用の図書室までもらって、どこまで贅沢を言っているのだと自分を咎める気持ちはある。

でも、大勢の人が使うあの図書室だからこそ、得られる喜びもあるのだ。

「それなのだが……」

テオがいっそう気まずそうな表情になる。

「解っているわ。やっぱりもう王宮図書室に行くのは無理よね」

溜息をついてしまわないよう気をつけながら、彼が言い辛いであろうことを先に言う。

しかし、それを聞いたテオは慌てた様子で首を横に振った。

「いや。確かに、幾らなんでも王子妃から本の貸し借りをするのは利用者が抵抗を覚えるだろうからな。今まで通りにカウンターの受付までこなすのは無理だと思うが、王宮図書室に関わるを完全に辞めろと言うつもりはない」

「え？」

唐突な言葉に目を丸くすると、テオは微笑んだ。

「セレナが了承するのなら、古書の修繕だけでもぜひ継続してほしいと、司書長から頼まれている」

「っ……いいの⁉」

　信じられない朗報に耳を疑った。

　表立った業務は無理でも、せめて自分が得意としていた本の修復だけでもできたら……。

　セレナは自分で本を書くなんてできないが、素晴らしい本は宝石よりも美しく希少なものだと思う。

　今までと全く同じように司書の業務はできなくとも、せめてその美しい宝物を保存し、いずれ誰かが読めるように働きたい。

「ああ。今までのように司書の業務を全て任せるのは無理だが、一部だけでも関わってもらえれば有難いというのが、司書長からの言伝だ」

「嬉しい！　ぜひ修復作業をやらせてほしいわ」

　思わず声を弾ませると、テオがニコニコして頷く。

「セレナほど見事に修復魔法を使いこなせる人員は滅多にいない。王立図書室には古い希少本がまだまだあるからな、セレナの負担にならない程度に引き受けてくれれば有難い。俺もそうした時間が作れるようできる限り協力する」

　テオが僅かに身を屈ませ、セレナを真正面から見つめる。

　その真剣な目には冗談や嘘の色などまったく見えず、セレナは嬉しさに胸が熱くなるのを感じた。

「テオ……ありがとう。こんなに甘やかされて、私は貴方にどうやってお返しをすればいいのかしら？」

心からの感謝を伝えて彼を見上げると、テオは急に顔を赤らめて咳ばらいをした。

「礼を言うのはこちらの方だ。セレナとこの先ずっと一緒にいられるなんて夢みたいで……喜んでもらえるだけでも嬉しいのに……」

しどろもどろにそう言うテオの様子が可愛らしくて、セレナはクスクスと笑った。

テオはさらに顔を赤くして、少しムッとしたように口を尖らせると、セレナの手を引いて部屋の反対側にある最後の扉へ向けて歩き出す。

「俺はこれから先、セレナを大切にして目いっぱいに甘やかすつもりだからな。一々お礼だの何だの考えなくていい」

そして彼が扉を開けると、その先は広い寝室だった。

寝台はどうみても二人分は余裕に眠れるだけの大きさで、正面にある大きな窓からは、柔らかな光が寝室を照らしている。

寝台以外の家具は、全体的に柔らかな木目調で、おとぎ話に出てきそうなロマンチックな部屋だ。

「近頃は普段の寝室を夫婦別にする家もあるようだが、俺の一存でそれはやめた」

テオが不意にセレナを抱き寄せた。

「今日から同じ寝台で寝るわけだが……いいか？」

どこか照れを滲(にじ)ませて言う彼に、セレナも顔を真っ赤にしてコクリと頷く。

「ええ……」

吸い寄せられるように彼の胸にそっと寄り添うと、優しく抱き締められる。

「これからも、ずっと俺の側にいてくれ」

甘い言葉に、セレナもうっとりとその背に腕を回す。

（私は本当に幸せだわ……）

テオと出会えた奇跡に心から感謝しつつ、彼の唇が近づいている気配を感じ、そっと目を閉じた。

……が、その瞬間、セレナのお腹(なか)がキュウと切なく鳴る。

「っ！」

考えてみれば昨夜は夕食をとるどころではなく、朝もテオの部屋で目覚めて動揺してばかりで、飲み物とパンを一切れ口に入れるのが精一杯だった。

慌てて離れようとしたのに、テオはセレナをしっかりと抱き締めていて離さない。

「なるほど。俺の愛しい婚約者は空腹らしいな」

「こっ……これは、その……」

なんとか誤魔化そうと言い訳を探すが、テオは幸せそうに微笑むばかりだ。

「もう昼だからな。俺も腹が減ってきた。早速食事の用意をさせよう」

テオはセレナを放すと、少し待っててと言って部屋を出ていった。

(わ、私ったら……こんな時にお腹が鳴ってしまうなんて……!)

顔から火が出そうだ。

恥ずかしくて逃げたい気持ちと、彼が自分の空腹を察してくれたことに対する喜びとで混乱し、セレナは寝室の寝台に顔を埋めて足をバタバタした。

どのくらいそうしていただろう?

ほどなく階下から料理の良い匂いが漂ってきた。

「セレナ、食事が用意できたぞ」

テオに呼ばれて寝室を出ると、食卓には美味しそうな料理が並んでいた。

パンにトウモロコシのポタージュ。鱒のムニエルに温野菜のサラダ。そしてフルーツヨーグルトには苺や葡萄が彩りよく入っている。

テオが知らせてくれたのか、セレナの好物ばかりだ。

「美味しそう……!」

セレナは早速食卓に座る。

テオも向かいの席につき、にこやかに食事が始まった。

「いただきます！」

まず手を拭いてからパンをちぎり口に運ぶ。焼き立てで香ばしく、中はふんわりと柔らかくてとても美味しい。

そしてポタージュを啜ると、トウモロコシの甘みと旨味が口の中に広がった。新鮮なサラダもしゃきしゃきの食感が楽しいし、鱒のムニエルは脂が乗っていて美味しい。

何よりも、両家の親に婚約を無事に了承してもらえて、こうしてテオと二人、仲良く食事をしている。

今朝も彼と朝食を共にしたわけだが、まだ混乱が抜けきらず不安で落ち着かなくてソワソワしていたため、味はほとんど解らなかった。

だが今は、テオと笑いあいながら会話を交わし、料理の味をじっくり楽しむことができる。

これから二人で一緒に暮らす建物で、だ。

こんなに幸せなことがあるだろうか？

幸せいっぱいの気分で、セレナはフォークに刺した魚を口に運んだ。

昼食を終えると、テオは会議があると言って屋敷を出て行き、セレナは一人になった。

館には身一つで来ても良いくらいの衣服や小物が既に揃っていたし、実家から持ってきたい品物は後日に改めて取りに行く手はずになっている。

だから今日はこの館で大人しく過ごすのだが、部屋付きになったドラがよく気にかけて話し相手になってくれるので、孤独感などは感じない。

ひとしきりドラとお喋りをして、彼女の優しく気の付く人柄を知れてホッとする。

そのうちに午後のお茶の時間となり、ドラは美味しい紅茶と焼き菓子を運んできてくれた。

「美味しい！」

紅茶を一口飲み、セレナは感嘆の声をあげる。

「お口に合ったのでしたら光栄です。館専属の料理人が、特に紅茶と菓子には煩いものですから」

ドラは誇らしげに微笑んだ。

「本当ね！　この焼き菓子もとても美味しいわ。あの……」

セレナはキョロキョロと辺りを見渡して、きちんと扉や窓が閉まっているのを確認する。

「もし良ければ、貴女も一緒に食べない？」

「え？　ですが……」

たじろいだドラに、皿一杯の菓子を指さした。

「お昼もいっぱい食べてしまったし、私だけでは多すぎるわ。せっかく作ってくれた人だって、作り立てのうちにできるだけ食べてほしいと思うの」

「そ、それでしたら……。では、お相伴にあずかります」

ドラはくすりと笑って頷いたので、セレナも微笑んだ。

彼女に椅子を勧め、二人で紅茶とお茶を楽しみながら談笑する。

実家でも、時おりメイドを誘って内緒でお茶会をしていたせいか、王宮の敷地内にいる緊張感が少しほぐれてホッとした。

やがて二人とも、これ以上は食べられないというまで食べ、ドラが茶器を片付ける。

「すっかりご馳走（ちそう）になってしまいました」

ペコリと頭を下げたドラに、セレナは微笑んで答えた。

「こちらこそ楽しかったわ。また良ければ付き合ってね」

「はい。またお誘いください」

ドラはニッコリ笑って一礼すると、部屋を出て行った。

（はぁ……何だか夢みたい）

セレナは大きく息を吐くと、立ち上がって図書室に通じる扉を開ける。

改めて眺めれば、図書室の棚の一部は空になっており、いつでも本が入れられるとばかりに磨き込まれていた。

つまり、ここはセレナが実家で有している本をしまえるスペースということだろう。

（この棚、高さも簡単に変えられるから、沢山の本がしまえるわ！）

ウキウキしながら、実家の私室に置いてある本棚の中身を思い出す。

推理小説からエッセイに詩や恋愛小説、哲学に文学と、本なら何でも読むけれど、特にセレナが大好きなのは絵本だ。

この大きくて広々とした棚なら、コレクションの絵本も見栄え良く並べることができるだろう。

どういう配置にしようか、早速頭の中で楽しい想像を巡らせていたセレナは、不意にコンコンと窓を叩く音に気が付いた。

しかし、ここは二階のはずだ。

ギョッとして音のする窓の方を見ると、赤いカラスの姿のフェリが嘴で窓を叩いていた。

「どうしたの？」

急いで窓を開けてフェリを入れると、使い魔は素早くテーブルに止まり、自慢の赤い羽を少し嘴で繕ってから顔をあげた。

「セレナの様子を見てくるようにテオから頼まれてな」

「え？」

「会議は終わったが、まだ書類を片付けなければいけないんだと。それで、今日から城で暮らし始めたセレナが困っていないか、様子を見に行ってほしいと頼まれた」

「テオが……」

その気遣いに胸が温かくなる。

（本当に、どこまでも優しいんだから……）

そんな彼が婚約者でいてくれるのだと思うと、頬が緩んで仕方ない。

「ありがとう。ドラも親切だし、今のところは困っていないわ」

「それなら良かった」

満足そうに頷いたフェリを見て、ふとセレナは疑問が湧いた。

「フェリがその姿ということは、テオは今、仮面をつけているのよね？　テオバルト殿下の姿でない時でも、書類仕事で忙しいの？」

以前、王宮魔法師団の重要な書類は、テオバルト殿下が秘書もつけずに一人でこなしていると聞いたことがある。

それを聞いた時は、たった一人きりで大量の仕事をこなせるなんて、流石は建国以来の天才だと思っていたけれど、今ならその理由が人間不信だったからだと解る。

「それなんだが」

カカカァッと、フェリが愉快そうに笑った。

「俺の姿はこっちの方が目立たないからと、一人っきりの執務室で仮面をつけて姿を変えているんだ」

「えっ⁉　それだけのために⁉」

「それに、変身に魔道具を使っているせいかな？　俺の身体は小さくなるのに、この姿の方が本来の姿より倍速で飛べるから、余計に見つからない」

「倍速……凄いわね。フェリは元の速さでも凄く速いと評判じゃない」

第三王子の使い魔は、並ぶものの無い神速の鳥と言われている。

その速度からさらに倍の速さなど、まさしく目にも止まらないのではなかろうか。

「まぁな。殆ど人の目には解らないだろうが、可能なら執務室からここまでの見事な飛行を見せてやりたかったぜ」

パアァッ！　と真っ赤な羽を広げ、フェリが机の上でポーズを決める。

「ええ。もし見えたら、きっと見惚れたでしょうね」

素直に感心して相槌を打ちながらも、セレナは内心でニヤケてしまうのを必死で堪える。

「私はおかげさまで楽しく過ごしていると、テオに伝えてね」

きっと、どんな金銀財宝や世界中の希少な本をもらったとしても、テオが気にかけてくれているという嬉しさには敵わないだろう。

「カァッ！　任せな！」

力強く鳴き、フェリは翼を広げて窓から飛び立つ。

（速……っ！）

まるで赤い光のように高速で飛んで行ったフェリは、一瞬後にはもう見えなくなっていた。

本当に、あれなら飛んでいる姿が人の目に付く心配もないだろう。一瞬キラリと光る赤いものが見えても、光の加減か何かだと思われるに違いない。

（フェリがあれだけ得意になるわけね）

誇らしげに胸を張っていた赤いカラスの姿を思い出し、セレナはクスリと笑って窓を閉めた。


慌ただしい五日間が慌ただしく過ぎた、その晩。

王宮では第三王子とセレナの婚約を祝う宴が盛大に催された。

急な開催だったのにも関わらず、多くの貴族や有力者たちが出席したのは、何かと噂の第三王子の婚約者に興味津々といったところだろう。

会場は大変な賑わいを見せている。

セレナは淡い紫色のドレスに身を包み、臙脂色の礼服を着たテオにエスコートされながら会場に足を踏み入れた。

急なことだったので、ドレスは既にデザイン工房にあったものをセレナの身体に合わせて仕立て直したのだが、流石は王室御用達の工房だけあり目を見張るほどに美しい。

「大丈夫か?」

緊張で少し顔が強張っているのを察して、テオが気遣ってくれる。その肩には、銀色の羽毛を輝かせてツンとしたおすましモードのフェリが乗っていたが、彼も励ますようにこっそりウインクをくれた。

「ええ。平気よ」

セレナは小声で頷いたが、やはりどうしても不安は拭えない。

(大丈夫……これくらいの緊張で音をあげていたら、この先やっていけないわ)

自分に言い聞かせながら、国王夫妻の座る高座の前に、テオと進み出る。

会場の人々の視線が、セレナとテオに一斉に集まった。

「皆、今宵は我が息子テオバルトの婚約発表の場によく集まってくれた」

　国王が口を開くと、会場から割れんばかりの拍手が起こる。

「セレナ・ミラージェス子爵令嬢は、稀代の才女との呼び声高い王宮司書である。これまでも我が国のために尽くしてくれた彼女が我が息子テオバルトの婚約者となったことは、実に喜ばしい」

　好意的な紹介に、恐縮しながらセレナが深々と腰を折ってお辞儀をすると、もう一度拍手が鳴った。

「それでは今宵は婚約を祝して盛大な宴を開きたいと思う！　皆の者、存分に楽しむがよい！」

　その言葉を合図に楽団が一斉に演奏を始め、ダンスの誘いを受けた男女が次々にフロアに進み出る。

　しかし、踊る者ばかりではない。

　すぐに数名の貴族がセレナとテオを取り囲んで声をかけてきた。

「テオバルト殿下、この度はご婚約おめでとうございます」

　挨拶に訪れた貴族が最初に祝いの言葉を述べると、続いて他の貴族たちも次々とお祝いの言葉を口にした。

　卒なく笑顔で挨拶に応じるテオの隣で、セレナはなんとか顔が引き攣らないようにしながら微笑みを浮かべる。

　今まで王宮の宴に参加したことなら何度かあるが、いつだってセレナはその他大勢の一人として、片隅でひっそりと華やかな人々を眺めていた。

　こんな風に囲まれて次々にお祝いをされるなんて考えたこともなかったから、どうしても腰が引けてしまう。

（うう……やっぱり緊張する……）

　テオが挨拶に来た貴族といくらか言葉を交わした後、セレナに顔を近づけ耳打ちする。

「少し疲れたか？」

「だ、大丈夫よ。少し緊張しただけ」

　そう言って無理やり笑みを浮かべた時。

「セレナ！　知らせを聞いた時はまさかと思ったけれど、本当に貴女がテオバルト殿下と御婚約なさったのね！」

　不意に聞き覚えのある声が響いたかと思うと、一つ年下の従姉妹（いとこ）のリネットが人をかき分けて姿を現した。

　少々無作法な立ち振る舞いだが、傍にいた女性たちは眉をひそめるものの、男性たちはホゥと彼女に見惚れている。

美しい金髪碧眼でほっそりとした体躯の可愛らしいリネットは、まるで妖精のようだ。

妖精の悪戯とあらば仕方がない……そんな男性たちの声が聞こえるような気がした。

「え、ええ……そうなのよ、リネット。突然のことで驚かせたでしょうけれど、来てくれて嬉しいわ」

いささか後ろめたい気分で、セレナはリネットにぎこちない笑みを向けた。

実は、セレナが王宮司書になった時、第三王子テオバルトと出会えるよう手助けしてくれと熱心に頼んできたのは、このリネットなのだ。

その時に『一介の司書が王子殿下と個人的に知り合える機会などまったくない』と断っていたのである。

それなのにテオバルトとの婚約披露などして、話が違うと怒られても仕方がない。

しかしリネットは気にする風でもなく、

「ええ、貴女のお父様から聞いた時はとても驚いたわ。でも本当におめでたいことね」と微笑んでくれたので、セレナはホッと胸を撫で下ろした。

「ありがとう、リネット」

セレナが礼を言うと、テオもリネットに微笑みかける。招待状を送る際、セレナの親族のことは一通り彼にも話していた。

「君が従姉妹殿か？　お初にお目に掛かるな。俺は第三王子のテオバルトだ」

テオがそう自己紹介すると、リネットは目を輝かせてテオを見上げた。

常に自信に満ち溢れている彼女は、王族を前にしても物怖じすることなく、胸を張って堂々と微笑み、優雅にお辞儀をする。

「まぁ、ご挨拶が遅れましたわ。私はセレナの従姉妹でリネット・ローゼンと申します」

その洗練された仕草と愛らしさに、またも周囲の男性陣から溜息が漏れた。

「王子殿下、お願いがございます。セレナをどうぞ幸せにして差し上げて下さい」

リネットがそう言ってテオに微笑むと、彼は深く頷いた。

「ああ……必ず幸せにすると誓うよ」

そして二人は微笑み合った後、互いに礼をする。

「では、私はこれで失礼いたします」

リネットはそう言うと、不意にセレナの耳元に口を寄せ、ヒソヒソと囁いた。

「セレナ、気をつけてね。今の貴女は相当に恨まれているわよ」

「え？」

ギョッとしたセレナを残し、リネットは一礼すると、すぐに華やかな笑顔を振りまきながら去っていった。

それと同時に、鋭い視線を向けられているのに気づく。

振り向けば少し遠くに、剣呑な目でセレナを睨みながら何やら話している二人組の令嬢がいる。

彼女達はセレナと視線が合うと、さっと顔を逸らして立ち去ったが、よく見れば他にもたくさんの令嬢に嫌な視線を送られていた。

そして彼女達も、セレナと視線が合うとすぐに逸らしてしまう。

先ほどまではガチガチに緊張して挨拶に応えるだけで必死だったから気づかなかったのだろう。

「どうした?」

テオが不思議そうな顔でこちらを覗き込んできたので、慌てて首を横に振った。

「いいえ、なんでもありませんわ」

五日前に婚約を決めて王宮に戻ってから、初めて第三王子としてのテオと一緒に廊下を歩いた時のことを思い出す。

あの時にフェリが言った、

『いいか?　お前がテオの正式な婚約者となったからには、『王子妃』の候補となる。そして周囲の嫉妬と羨望を一心に浴びるわけだ』という言葉は真実だ。

廊下をただ二人で歩いていた時には、まだセレナ達の関係も公表はされていなかった。だから、まだあの時は好奇の視線くらいで済んでいたけれど、正式に国王から婚約発表をされた今は違う。

何しろ、第三王子テオバルトを恋い慕う令嬢は数えきれないほどいる。それこそ、セレナよりもよほど身分が高く美しい女性だって大勢いるのだ。

先ほど睨んでいた二人組の令嬢も、とても華やかな美貌をして上等なドレスを身に着けていた。

それが、ドレスこそ王宮で用意された立派なものを身に着けていても、平凡地味な容姿で家柄もパッとしないセレナが王子妃なんて、納得がいかないのも解る。

彼女たちは、セレナがテオバルトを騙したとでも考えているのかも知れない。

そしてこの先も、こんな視線や敵意には慣れていかなくてはいけないのだ。

溜息が出そうになった時、楽団が新たに優雅な曲を奏で始めた。

するとフェリが大きく翼を広げてテオの肩から優雅に飛び立ち、宴を盛り立てるように会場の中をゆっくりと飛び回り始める。

招待客達はフェリの美しさに歓声を上げ、その愛らしさを褒め称えた。

「まぁ！　なんて美しいのかしら！」

「まるで天の使いのようだ」

テオの使い魔だと知っている貴族たちは口々にそう囁き合い、うっとりとした表情でフェリの姿を追う。

「セレナ、踊ろう」

笑顔でテオに手を差し出され、一瞬戸惑った。

今夜は自分たちの婚約披露宴なのだから、こうして踊るのは予想していたのに、胸がドキドキする。

「え、ええ……」

ぎこちなくその手を取ると、テオが眩しそうに目を細め、これ以上ないほど甘く微笑む。

その様子を見て、周囲から小さな悲鳴や感嘆の溜息が漏れたが、テオは気にした様子もなくセレナをダンスフロアの中心までエスコートして抱き寄せた。

いつも仮面の奥から見えていた優しい眼差しが、しっかりとセレナを見つめている。

「テオ……」

大勢の人が見ている中で、甘い視線で見つめられると恥ずかしい。

つい目を逸らそうとしたが、テオは強引に自分の方を向かせた。

「俺を見てくれ」

真剣な眼差しと少し低い声に、セレナの鼓動が跳ねた。

「っ、ええ」

彼にエスコートされるまま音色に乗せて、まるで魔法にかけられたように自然と体が動き出す。

今までダンスは苦手な方だったし、家庭教師たちからも筋が良いと褒められたことなど一度もなかったのに、セレナの体は信じられない程軽やかに、テオの動きにぴったりと添った。

彼の手が自分の手をしっかりと支えくれて、心地(ここち)好(よ)く互いの鼓動が伝わる。リズムに合わせてステップを踏むのが楽しい。

今まで感じたことがない程の幸福感に満たされるうちに、いつの間にか曲が終わった。

「テオバルト殿下、どうか次は私と踊ってくださいませ！」

第三王子がこうして舞踏会で踊るなど初めてだったからだろうか。絶好の機会とばかりに、我も我もと令嬢達が押し寄せる。

「いえ。申し訳ありませんが、これで下がらせていただきます。後はごゆるりと宴をお楽しみください」

しかしテオは素っ気なく言うなり、セレナの手を引いて歩き出した。

「え、で、でも、まだ……」

主役なのだから、最後までいなくてはいけないのではないだろうか。

そう思ったが、テオに強引に手を引かれ、仕方なく出口へと足を運ぶ。

回廊の角を何度か曲がってようやく宴席の喧騒(けんそう)から離れたところで、やっとテオは足を止めてセレナを振り返った。

「急にすまなかった。ただ……」

「え？」

テオは何か言い淀むように何度か深呼吸をした後、小さく溜息交じりに声を発した。

「せっかくの婚約披露の日に、セレナを他の男と踊らせたくなかった」

「私を？」

呆気にとられてポカンと口を開ける。一体、テオは何を勘違いしているのだろう?

「そうだ。自分でも器の小さい男だとは思うが……」

「ちょっと待って。大勢の女性から踊りに誘われていたのはテオの方でしょう？」

「ああ、しかし俺が他の女性と踊ればその間にセレナを誘おうと、近くの男たちが虎視眈々(こしたんたん)と狙っていたぞ。気づかなかったのか？」

「……テオの思い違いではないかしら？」

ありえない、とセレナは首を横に振る。

「いや、間違いない」

だがテオは自信ありげに言い切った。

「それとも、セレナは俺と他の令嬢が踊っても良かったのか？」

テオに少し意地悪く言われ、セレナはうっと言葉に詰まる。

「それは……まぁ……必要な社交なら……」

王子とあらば社交場の付き合いも仕方ないのではないと思うが、テオが他の女性と踊るなんて嫌だというのが本音だ。

でも、王子妃という立場になったのなら、私的な感情をそう表に出してはいけない気がする。

歯切れ悪く言うセレナに、テオがニヤニヤと笑った。

まるで、セレナの複雑な心境などお見通しと言った様子だ。

「前からおもっていたが、セレナは意外と意地っ張りだな」

「そ、そんなことはないと思うわ」

思わずツンと視線を背けると、テオが声をたてて楽しそうに笑う。

そんな様子を見て、セレナもなんだかおかしくなって、気がつけば一緒にクスクスと笑っていた。

「さ、もう婚約披露は済んだのだし、俺たちの役割は十分果たした。館に帰ろう」

テオの魅力的な提案に、セレナは頷いた。

その時だった。

「テオバルト殿下！」

回廊の向こうから、鋭い声が飛んできた。

思わずそちらへ視線を向ければ、王宮魔法士のローブを来た男性が二人、息せき切って駆けてくる。

「どうした？」

一気に表情を引き締めたテオが尋ねると、駆け寄って来た王宮魔法士たちは片膝をついて敬礼し、話しはじめた。

「宴の最中に申し訳ございません。ですが……王都から東の平野に、火吹き猪（いのしし）を主に魔獣が大量出現したとの報が入りました」

「なに……⁉」

テオの声が低くなる。セレナは身体を強張らせながら、二人の王宮魔法士を見つめた。

魔獣と普通の動物の違いは、魔力を帯びた生物かどうかの違いだ。

魔獣は総じて獰猛（どうもう）で知能が高く、火を噴いたり水や空気を操ったりするものまでいる。

そんな魔獣が人里にでれば、人や家畜を襲ったり田畑を荒らしたりと被害が大きい。

そのため、魔獣が大量発生したと通告をうければ、王宮魔法士団はいち早く駆け付け対応策を取り、被害を最小に防げるよう努力するのだ。

「すぐに編隊を手配する」

テオは王宮魔法士に答えると、小さく呪文を唱えた。

すると、大広間にまだ残っていたフェリがまっすぐにこちらへ飛んできて、彼の影に飛び込む。

それを確認すると、テオはセレナに目を向けた。

「セレナ。私はすぐに出なくてはならない。すまないが、館に戻る迎えを寄越すのでこのまま待っていてくれ」

「は、はい……」

当然だが、セレナは今までテオが『テオバルト』として王宮魔法師団を率いているのを見たことなどなかった。

『王宮魔法士の一人であるテオ』と『第三王子で王宮魔法士団長のテオバルト』。

この二つの顔の使い分けを、彼は実にうまくやっているようだ。

「……どうかお気をつけて」

足早に去って行く彼の後ろ姿に何とかそれだけ告げると、テオは振り返り、すぐに優し気に微笑んだ。

「ありがとう。すぐに戻る」

彼はそう言いおくと、王宮魔法士を従えて颯爽と駆け出して行った。

第三章

翌日の朝。

セレナは一人で図書室へと向かっていた。

昨夜にテオが王宮魔法士たちから連絡を受けたあと、すぐに館の使用人が迎えにきてくれたので、セレナは無事に部屋へ戻ったが、彼はそのまま討伐へと向かったそうだ。

心配だが、魔獣の件に関してセレナに何かできることなどない。

それに王子妃教育についても、急に決まった婚約なのでまだ教師の手配などが済んでいないそうだ。

今日は自由に過ごしていいとのことだったので、古書の修復をしようと思ったのである。

「おはようございます。セレナ様」

図書室に着くなり、老齢の司書長から今までのように『セレナくん』ではなく丁重に呼ばれて、目を丸くした。

「お、おはようございます……」

司書長に畏まって挨拶をされたことに、戸惑いながらも挨拶を返す。

「どうぞ、こちらへ」

セレナは司書長に誘われ、図書室奥へと案内される。

そこには、衝立で囲われた小さいながら上等な机と椅子が用意されていた。そして傍らには傷んだ古書が大量に積み上げられている。

「他から見えぬようセレナ様の席をご用意しました。王子妃になっても古書の修繕を引き受けていただけるとのことで、大変感謝しております」

「い、いえ、私こそ好きでさせていただいているようなものですから……」

丁重に頭を下げられ、セレナは慌てて首を横に振った。

しどろもどろで答えるセレナの胸中を察したのだろうか。

司書長は温和な顔に少し困ったような笑みを浮かべ、声を潜めて囁きかけてきた。

「急に他所他所しい態度をとっているようで申し訳ないが、今の貴女はもう、私の部下ではないのでね。そのうち慣れると思うよ」

「は、はい……」

セレナは頷いた。

色々と、これまでと違うことに慣れなくてはいけないとわかっているけれど、こういうちょっとしたことでまだ一々動揺してしまう。

司書長は穏やかに笑って自分の席に戻り、セレナも作業机で古書の修復を始めた。

しかし黙々と魔法をかけているうちに、少しずつ心が落ち着いてくる。

衝立の向こうからは時おり、別の司書が閲覧客と会話をする声が微かに聞こえてきたが、それも段々と気にならなくなった。


やがて昼になり、セレナは作業机を片付けた。

午前中のうちにそれなりの数の修復を終えており、今日はこれ以上やると魔力切れで倒れてしまうだろう。

司書長にそっと挨拶をして、セレナは昼食をとりに館へ戻ることにした。

広い城内で、図書室から館まではそれなりの距離があり、回廊をぐるりと回らなければいけない。

とはいえ、ずっと机に向かっていたから適度に身体を動かすのは気分が良かった。

本日は天気が良く、回廊の端には青空を眺めながら立ち止まってお喋りをしている人もそれなりにいる。

「――ダンケル伯爵もお気の毒にね」

不意にそんな声が耳に入り、セレナは思わず足を止めた。

声のした方を見ると、昨夜の舞踏会でセレナを睨んでいた二人組の女性が、ニヤニヤと嫌な笑いを浮かべてこちらにチラチラと視線を送っている。

その声は内輪の会話にしては大きく、嫌な視線といい、明らかにセレナへ聞かせてやろうという意図が見えた。

「ええ、本当に。息子の妻になるはずだった女性に、あっという間に乗り換えられたのですものね。お相手がテオバルト様ではかないっこないでしょうし」

「そうね。でもあの方、テオバルト様には到底釣り合わないのに、どうやって騙したのかしら」

クスクスと忍び笑いを漏らしながら足早に立ち去って行く二人を遠目に眺め、セレナはげんなりした。

(あぁ……私がデミトリーと婚約破棄をしてすぐにテオと婚約したことを当てこすっているのね……)

彼女達は、デミトリーが今までセレナにどんな態度をとってきたかとか、なぜ婚約破棄に至ったかなど欠片も知らないはず。

でも表面だけ見れば『長年の婚約者を捨ててすぐに王子に乗り換えた女』となってしまう。

世間からこういう反応をされるのは覚悟していた。

でも、実際にこうして無責任な悪意をぶつけられると、意外に堪えるものだ。

精一杯、何も聞かなかった素振りでセレナは館に戻る。

「お帰りなさいませ」

玄関で出迎えてくれたドラが、セレナの顔を見て首を傾げた。

「失礼ですが、何かありましたか？　浮かない様子とお見受けしますが……」

ズバリと指摘され、セレナは慌てて微笑む。

先ほど聞いた陰口に関して、何もない素振りを貫こうと思っていたのに、ちゃんと顔に出てしまったようだ。

「い、いえ……特に何も。本の修復で少し疲れたせいかしら？　昼食をとったら休みます」

「さようでございますか？　では、すぐに用意いたします」

ドラが心配そうな顔で頷いてくれたので、セレナはホッとしつつ食堂へ向かった。

図書室でのせっかくの充足感も霧散してしまい、あまり食欲は湧かなかったが、せっかく作ってもらった食事に罪はない。

館の料理人に感謝しつつ、頑張って完食して部屋に戻ったところで、ドラに急な来客を告げられた。

「お約束はないそうですが、リネット様がお目通りを願っております」

そう告げられて、セレナは思わず顔を綻ばせた。

「彼女ならいつでも構わないわ。すぐに通して」

セレナは急いで身支度を整え、ドラが案内してきたリネットを応接間で出迎えた。

「嬉(うれ)しいわ。セレナが王子殿下の婚約者になったら、もう私なんかとは付き合わなくなるのではと不安だったの」

そう言って、リネットはセレナにぎゅっと抱きついてきた。

「そんなわけないじゃない」

セレナも微笑んで彼女の背に手を回す。

「お茶の支度をいたしますので、しばしお待ちを」

ドラがそう言い、静かに応接間から出て行った。

二人で長椅子に腰を下ろし、早速おしゃべりを始める。

とはいえ、専ら喋るのはリネットで、セレナは聞き役だ。

話題はやはり、昨夜の舞踏会のことが大半だった。

リネットには、まだ恋人や婚約者がいない。

そのため、以前から熱心に婚活に励んでいるが、自分の美貌に自信を持つ彼女の理想はとても高い。

セレナが王宮司書になった時、第三王子と接触する機会を設けてくれと頼んできたのもそのためだ。

「……残念だけれど、昨夜も良い出会いは全くなかったわ。素敵な男性を見つけたと思っても、とっくにパートナーがいる人ばかりだもの」

運ばれてきた紅茶を飲みながら、リネットが溜息交じりにぼやく。

「でも、絶対に諦める気はないわ。私は何としても、理想の男性と結婚して幸せになるんだから！」

意気込むリネットを見て、セレナは微笑んだ。

「リネットならきっと、とびきり素敵な出会いが待っているわ」

彼女はいつも積極的で元気だ。どちらかといえば内気なセレナとは正反対だからこそ、昔から好ましく思うのかもしれない。

「……ところで、セレナ」

ふと会話が途切れた時、リネットが少し声を落として問いかけてきた。

「こんなことを言いたくはないけれど……貴女の方はテオバルト殿下と婚約をして、本当に大丈夫なの？」

「え？」

「セレナが婚約破棄をした経緯は、貴女のお父様から聞いたわ。そんな事情なら婚約を破棄するのは当然だと思う。でも、だからと言ってすぐに次の婚約者を探さなくても良かったのではないかしら？」

「それは……そうだけれど……」

モゴモゴと、居心地の悪い気分でセレナは呟いた。

実際、セレナもデミトリーと婚約破棄をした直後は、当分そう言った話は御免だとさえ思っていた。

ずっと前から密かに想いを寄せていたテオに、あれほど熱心に口説かれなければ、きっとこんなに早く次の婚約が決まっていたはずはない。

ただ、それをリネットへ詳細に説明してしまうと……。

「昨夜のテオバルト殿下は、とてもセレナを大切にしているように見えたけれど、そもそもあの御方は人嫌いで有名でしょう？　それが唐突にセレナを見染めたなんておかしいと思わない？」

ずいとリネットが膝を寄せ、殆ど顔がくっつきそうなくらいの距離でヒソヒソと囁く。

「え……」

真剣な顔で問われ、いっそう返事に困った。

セレナはテオの家族から、彼が人間不信になった事情を知っているし、仲良くなったのは第三王子の彼ではなく、『王宮魔法士テオ』としての彼に関わったのが先だ。

しかし、幾らリネットが信頼する従姉妹だとしても、王家の……しかもテオの個人的な事情に関することを勝手に口にするわけにはいかない。

どう答えたものかと悩んでいると、リネットがさらに声を潜めて言葉を発した。

「それで皆は噂をしているのよ。魔法の天才のテオバルト殿下には外国王族からの縁談も絶えないから、断る口実に、適当な大人しい令嬢を形だけ娶ることにしたのではないかって」

「っ！」

とんでもない発言に、セレナは耳を疑った。

「な、なに……それ……」

セレナの顔色が変わったのを見て、リネットが慌てて両手を振った。

「ごめんなさい。気を悪くさせたわよね。でも、私は従姉妹としてセレナがどうしても心配で……」

大きな瞳を潤ませて謝るリネットを前に、セレナは深呼吸をして気持ちを落ち着かせる。

「気を悪くなんてしないわ。心配してくれてありがとう」

そう告げると、リネットがホッとした様に笑った。

「良かった。セレナならきっとわかってくれると思ったわ」

リネットが白魚のような華奢な手で、セレナの両手をギュッと握りしめた。

「ええ。それで急な婚約のことだけれど、テオ……テオバルト様にも、色々とご事情があったのよ」

本当の事情を説明したい気持ちを抑え、セレナは曖昧に言葉を濁した。

落ち着けと自分を諭し、精一杯に穏やかな笑みを作った。

「本当に急なことだったから、私だって未だに戸惑っているし、世間で好き勝手に言われるのも承知しているわ。でも、何を言われても私は大丈夫だから安心して」

「ふうん……。そうなのね」

リネットは、まだ若干納得のいかなさそうな顔をして頷くと、カップを置いてサッと立ちあがった。

「それなら私はお暇するわ」

「え……もう少しゆっくりしていかないの？」

思わず縋るようにリネットを見上げてしまったのは、自分でも気づかないうちに不安が募っのだ。

　昨日からガラリと変わった生活環境の中で、慣れ親しんだ従姉妹の存在は本当にホッとしたのだ。


「ええ。セレナが心配で様子を見に来ただけだもの」

　ニッコリとリネットは笑い、またセレナに顔を寄せて囁く。

「セレナがこの先もテオバルト殿下に迷惑をかけたりしなければ、きっと大切にしていただけるのではないかしら。王宮には魅力的な女性がたくさんいるけれど、他の人に負けないように頑張ってね」

　リネットはセレナの両手をギュッと握って激励すると、あっさりと部屋を出て行った。

　その軽やかな足取りを見送り、セレナも私室に戻って溜息をつく。

（なんだか疲れたわ……）

　長椅子に腰掛けたまま、ぼんやりと窓の外を眺めた。

　二階の窓から見える館の専用庭には色とりどりの春の花が咲き、居心地の良さそうな白いベンチが置かれている。

　こんな天気の良い日に、あの綺麗な庭で読書をしたらさぞ気分が良いだろう……。

　そう思うのに、どうしても外に出る気になれない。

（……こんなにテオには良くしてもらっているのに）

セレナは自分用の図書室へ続く扉をそっと開けた。

立派な書棚の詰まった、この夢のような図書室を贈られた直後は、それこそ驚きと喜びで有頂天になっていた。

今でももちろん、感謝してもしきれないと思うには違いないけれど……不安なのだ。

こんなに凄いものをもらう資格が自分にあるのか。

誰もが羨む第三王子の妃に、自分なんかがなって本当に良かったのか。

考えれば考える程、全て何かの間違いだったのではという気がしてくる。

好き勝手に陰口を言われたり、無責任な憶測をされたりするのはもちろん不愉快だが、本当に不安なのは……。

（テオがいつか、私と結婚したことを後悔したら……）

テオが人間不信だったと先日に聞かされたが、セレナはそれに対して何か特別な治療をしたわけでもない。

彼とはいつも普段通りに——次第に普段よりも、少し楽しくはしゃいだ気分で過ごしていただけだ。

それでテオは立ち直れたそうだけれど、それは単にセレナが相手だったからというより、たまたま他にそういう相手が他にいなかっただけでは？

今だってセレナは、魔獣退治に奔走している彼に手助けもできず、ただ城にいて外から聞こえる嫌な声に落ちこんでいる。

何を言われても大丈夫だなんて、ついリネットには強がってしまったけれど、嘘だ。

陰口や嘲笑の視線に、普通に傷ついて、思い切り気にしている。

テオのように、好奇の視線が渦巻く中を威風堂々と歩くなんて、まだとてもできない。

（こんなの……テオに相応しいなんて言えない……）

王子妃にふさわしいどころか、非生産的なダメダメ女としか言いようがないと思う。

そのうちに冷静になったテオが、セレナを娶ったのは一時の気の迷いだったと気づいて後悔するのではと、それが一番不安だ。

深い溜息をつき、セレナは静かに図書室への扉を閉めた。

重苦しい気分のまま過ごした三日後。

本日も図書室で午前中に本の修復をしてきたセレナは、渡り廊下の陰からこちらを覗き見てニヤニヤしている例の二人組令嬢を見つけ、げんなりした。

婚約披露の宴でセレナを睨んで以来、あの二人はこれが自分たちの使命だとでも言うように付きまとって来る。

そうやってセレナの名前は決して出さないものの、聞こえよがしに嫌なことを言って来るのだ。

それだけならまぁ不快だけれど、気持ちの悪いコンビに目をつけられてしまったと、肩を竦めて何とかやり過ごせたかもしれない。

だが、図書室でも、ヒソヒソとセレナについて囁きあっている人は、彼女達だけではなかった。噂話に興じる人は少なくなかった。

セレナは人目につかないよう本の修復を行っているので、司書仲間以外はそこにセレナがいるとは解らない。

そして図書室は基本的に静かに使うのが推奨されているが、小声で会話をするくらいは許されている。

よって、詩の勉強会やら何かしらの名目で暇を持て余した貴婦人や令嬢が集まり、噂話に興じる格好の場所にもなっていた。

人の話をやたらと立ち聞きする趣味はないが、セレナの作業場所はちょうど衝立を隔てた奥のテーブル近くにあり、ヒソヒソ声でもけっこう聞こえてしまう。

噂話の内容はやはり、セレナがデミトリーとの婚約を急に破棄して、すぐにテオと新たに婚約をしたことについてだった。

しかもリネットが先日に言っていた通り、テオが諸外国からの縁談を拒否するために形だけセレナを娶ったという説も順調に流布されてしまっている。

結果、その二つの噂を合わせて『セレナは、テオバルト王子から形だけの妻を望んでいるのを隠して求婚されたら、王子妃の座に目が眩んであっさりと婚約者を捨てた愚かな悪女』ということになっているようだ。

我ながら酷い言われ様だと思うが、一番辛いのはテオまで悪く言われていることだ。

噂話をしている人たちの口調からは、セレナが愚かだと悪く言いたいだけで、テオのことを非難するつもりはないのだと思う。

因みに司書長や司書仲間は、セレナが熱心に勤める様子を第三王子はどこかで見て評価していたのだろうと祝福してくれた。

それは素直に嬉しいけれど、大多数の人間から見れば、なぜあの素晴らしい第三王子にセレナみたいなのが選ばれるのだと不思議なのに違いない。

だからこそ、テオがのっぴきならない事情で仕方なくセレナを娶ったという話を捏造し、自分達を納得させているのだろう。

だが噂の内容はつまり、テオが自分の保身のために、女性を騙して形だけの結婚をさせたと言っている。

事実は全く違うのは勿論、彼が女性を騙して利用するなんて、ありえない。

でも……そのような噂まで経っているのは、そもそもセレナがあまりにもテオに釣り合っていないからではないだろうか？

そんな考えがずっと頭の中にこびりついていて苦しい。

（……必死に頑張れば、私でも何とかテオに釣り合うようになれるかもなんて、やっぱり甘い考えだったのかしら）

セレナは内心で溜息を押し殺す。

心の底からテオを愛している。それは本当だ。

でもあの日、テオの想いを受け入れてしまったのは、本当に彼のためになったのだろうかと、たった三日間で急激に思いが揺らいでいくようになった。

もしもあの時、絶対に無理だとセレナがテオを拒んでいたら……。

彼は一時こそ傷つくだろうが、その後で立ち直り、今度こそ自身に相応しい女性を見染めていたのかもしれない……。

鬱々とした思いを抱えながら、セレナはニヤニヤと意地の悪い笑みを浮かべている二人の令嬢に視線を向ける。

言いたいことはもう十分すぎるほどにわかっていると、ほとんど自棄になってにこやかに微笑みかけ、手を振ってみせた。

すると、二人の令嬢は一瞬呆気にとられた表情になったかと思うと、なぜか真っ青になって深々とお辞儀をし、そそくさと踵を返して立ち去って行った。

「……？」

一体どうしたのだろうかと首を傾げそうになった時、不意に後ろから抱きしめられた。

「きゃっ⁉」

「ただいま、セレナ」

首を捩って後ろを向けば、いつのまにかテオが……仮面をとって第三王子の姿に戻った彼がいた。

なるほど。先ほどの令嬢たちが急に青褪めたのは、セレナの背後にテオが現れたからだったのか。

流石に、第三王子の目の前でセレナが王子妃に相応しくないとか、その他色々と中傷するのはまずいと思う分別くらいはあったらしい。

また、テオの肩に乗っている白銀の鷹の姿をとったフェリが、もの凄く鋭い目つきで令嬢たちを睨んでいたのも怖かったのだろう。

「おかえりなさい、テオ。フェリ」

とにかくまずは、三日ぶりにテオに会えて嬉しい気持ちがいっぱいになり、セレナは自然と顔が綻ぶのを感じる。

「急に留守にしてすまなかった。何か困ったことはなかったか？」

テオが一度抱擁を解き、向かい合ってじっと目を見つめられる。

吸い込まれそうなアメジスト色の瞳に、今抱いている悩みを全て見透かされているような気がしたが、慌ててセレナは首を横に振った。

「司書長様が席を作ってくださったおかげで本の修理も問題なくできているし、特に困ったことはなかったわ。それよりも、テオの方が大変だったのではない？」

何しろ彼は、普通の人間ならとても敵わない魔獣の群れを相手取ってきたのだ。

陰口に悩んでいるなんていうセレナの些細な悩みで煩わせたくない。

「心配してくれてありがとう。思ったより民間人に被害もなく、陛下にも報告をして復旧支援も頼んできた」

「良かった……」

ホッとして微笑むセレナに、テオが笑顔を返してから、少し声を潜める。

「……ただ、ちょっと面倒な事にはなった」

眉を顰めて言われ、セレナの心臓がドキリと鳴る。

(何かあったのかしら……?)

そんな疑問が顔に出ていたのだろうか、テオは安心させるように微笑んでくれた。

「セレナが恋しくて、寂しくてたまらなかったんだ」

「っ⁉」

思わず頬が熱くなる。

「はいはい。後はお二人でな」

そういうとフェリは、さっさとテオの影に入ってしまう。

「あっ、フェリ……」

「気にしないでいい。それより、セレナも俺と離れて少しは寂しいと思ってくれたか?」

「も、もちろんよ……。私も……」

言いかけた言葉は、そっと近づいてきたテオの唇に飲み込まれてしまった。

「っ!」

周りに誰もいないとはいえ、大胆な行動にセレナは目を剥く。

数秒経ってからようやく唇が離され、間近でアメジスト色の瞳に見つめられる。

セレナが照れて俯くと、テオが耳元に顔を寄せてきた。

「それで今回の寂しさを埋め合わせすべく、明日からの三日間はセレナとお忍びで出かけられるように手配してきた」

「お忍び……？」

驚いて顔を上げると、テオは悪戯っぽく微笑んでいる。

「急ですまないが、セイヤル湖畔の街に付き合ってくれるか？」

「テオ……」

告げられた街の名前に、大きく心臓が跳ねた。今度は喜びのためだ。

そこは、セレナが幼少期から大好きな有名絵本作家の出身地なのだ。

その作家の出身地を舞台にした、豊かな美しい自然の中に生きる動物たちを擬人化した絵本シリーズが大好きで、グッズもたくさんコレクションしている。

「セレナはあそこを舞台にした絵本が好きだと思ったが……他のところが良かったか？」

呆然としていると、テオがやや不安そうに首を傾げた。

「いいえ！　私もそこに行きたいわ！」

セレナは目を輝かせて頷いた。

ずっと前から行ってみたいと思っていた場所だが、なかなか今まで機会に恵まれなかったのだ。

そこに行けるだけでも嬉しいのに、テオがセレナの好きな本を覚えていてくれ、喜ばせようとしてくれたのが何よりも嬉しい。

「良かった……セレナとデートに行くのは初めてだな。プロポーズと順番が逆になってしまい、すまなかった」

テオが不意にそんなことを呟き、セレナは確かにと思い返す。

テオとはもう知り合ってからだいぶ経つとはいえ、いつも夕方の図書室で談笑していただけ。二人でたった一度だけ外出したのも、セレナの実家に結婚の許しをもらいに行ったときの短時間のみだ。

「でも、私にはどのみち……その、当時は男性の誘いを受けられない事情があったから」

なんとなく、デミトリーの名前や元婚約者という単語を口に出すのが嫌で、ゴニョゴニョと濁した。

「それはそうだが、教本によれば最初のデートはかなり重要だそうだからな」

そう言ってテオがポケットから取り出した小さな本を見て、セレナは目を丸くした。

少し厚いが掌（てのひら）にすっぽり収まりそうな小型の本には『女性の心を射止める必中のコツ百選』と書かれており、かなり読み込まれている様子だ。

「え……教本って、これ……？」

　思わず尋ねると、テオが照れ臭そうに頷いた。

「何しろ、好きになった女性を口説くなんて、セレナを好きになるまで考えたこともなかった。少しでもセレナに良く思われたくて、勉強したんだ」

　テオがそんな努力をしてくれていたなんて知らなかった。

　そして、その教本で得た知識を実践したくてウズウズしている様子なのも微笑ましい。

（どうしよう……凄く嬉しい）

「あの……私のためにありがとう」

　セレナが素直に礼を言うと、テオは照れたように笑う。

「いや、礼を言うのは俺の方だ。セレナが俺を受け入れてくれたから、今こうしていられる」

　テオがそっと手を握ってきたので、セレナも握り返したが……。

（本当に……私で良かったのかしら）

　ふとまたそんな不安に駆られて、つい俯いてしまう。

　そんなセレナを見て何かを察したのか、テオが優しく髪を撫でてきた。

「セレナと過ごす時間はいつだって楽しいし、癒される。明日からの小旅行はお互いに目いっぱい楽しもう」

　明るい言葉に胸がいっぱいになって、涙が出そうになる。

上手い返答が見つからず、セレナはそっと抱きしめてくれる彼の背に手を回した。

その日の晩。

情事に疲れてぐっすりと眠ってしまったセレナの身を魔法で清めてから、テオはどことなく悲しそうなその寝顔をじっと見つめた。

誰が言い出したのかまでは解らなかったが『テオバルトが諸外国からの縁談を断る口実のためにに甘言でセレナを口説き婚約者を捨てさせた』という噂がまことしやかに流れていると、遠征中に耳にしていた。

もっともらしく付け加えられた話によると、婚約者がいる身ながらセレナが選ばれたのは、彼女が女性で初の文官という逸材で、王子妃という座に置くのに見栄えが良いからだという。

一方で女性たちの間では、セレナが婚約者を捨ててもいいと必死に色目を使っていたからテオバルトが利用することにしたとか……。

どちらにしても的外れで、酷く腹立たしい無責任な妄想話だ。

恐らくはセレナの才能に嫉妬していた男性文官か、王子妃の座を狙っていたのに当てが外れて憤っている女性のやっかみだろう。

こそこそ噂をしていた魔法士団員たちには、自分が以前からセレナを見染め、彼女の婚約者が酷い男なのを偶然知ってしまったから、入念な話し合いの末に婚約破棄などが決まったのだと説明しておいたが、こうした噂は簡単には消えない。

セレナも王宮でさぞ不快な目にあっているだろうと、急いで帰ってきたが、彼女は何もなかったと笑顔で言ってのけた。

ちょうどテオバルトが現れた時、いかにも後ろめたそうに逃げ去って行く二人の令嬢がいたことから、間違いなく何か言われていただろうに……。

「おおかた、俺に心配をかけまいとでもしているのだろうが……」

もう少し頼ってくれれば良いのに……と、溜息をついて、眠るセレナの頬をそっと撫でた。

求婚した時、彼女にもう前の婚約の時のように悲しい顔はさせまいと決意したくせに、己の不甲斐(ふがい)なさが嫌になる。

しかし、今日は元気よく振る舞いながらも、どこか悲し気だった彼女だが、明日から出かけようという誘いには、本当に嬉しそうな笑顔を見せてくれた。

慣れない城での暮らしに疲れもあるだろうからと、気分転換に小旅行を企画しておいたのは正解だったようだ。

（今回の旅行は、絶対に充実させる！　短くてもセレナの思い出に残るようなものにしなくては！）

そう固く決意しつつ、テオはセレナの温かな身体をそっと抱きしめて眠りについた。

翌日の朝早くから、セレナはテオと馬車で城を出発した。

お忍びなので二人とも目立たない旅装に着替え、テオは本来の姿で黒いフードつきマントを着こんでいるが、仮面も一応持ってきているらしい。

旅の魔法使いと、その連れと言った感じの装いだ。

朝の澄んだ空気は心地よく、薄っすらと白み始めた空の下を、早起きの鳥たちが訓練された部隊のように整列して飛んでいく。

本日の天気は、小旅行の出立（しゅったつ）を祝うような快晴になりそうで、セレナは窓の外から見える景色に胸を躍らせた。

まだ人気のない王都の道をガラガラと駆け抜け、郊外に出る。

目的地のセイヤル湖畔までは、城から馬車で数時間だ。

途中で休息をとり、目的地に着いたのはちょうど昼時だった。

森に囲まれた大きな湖のほとりにある街は漁業と観光が盛んで、通りにはあちこちで食べ物の良い匂いがあふれていた。

綺麗に舗装された道沿いには、セイヤル湖で獲れた魚や貝の料理店、それに貝殻を使った工芸品の店が立ち並んでいる。

昼時なこともあって、料理店はどこも大勢の人で賑わっていた。

セレナ達はなるべく人目につかない端で馬車を降りた。荷物は宿の方に届けてもらう手はずなので、二人とも身軽だ。

「では、明後日の夕刻にお迎えに参ります」

御者を勤めてくれた騎士が小声で言い、テオが頷くと馬を走らせてきた道を戻って行く。

「さて……と」

その馬車が完全に見えなくなると、テオが懐から例の仮面をとりだして身に着ける。

銀の髪がたちまち赤く色づき、テオがニヤリと笑った。

「念には念を入れて変装しなくては」

そう言った彼に、セレナも思わずクスリと笑った。

今はもうどちらの姿のテオにも見慣れたけれど、誰もいない図書室で二人きりだった気楽な頃を思い出し、お忍びのワクワク感がいっそう高まる。

「ところで、良い匂いがするな」

魚介類の焼ける香ばしい匂いに、テオが仮面の下から覗く鼻をヒクヒクと動かした。

「ええ」

セレナも、先ほどから漂ってくる香ばしい香りに食欲を刺激されっぱなしだ。

「まずは腹ごしらえにしないか？」

テオがそう言って、セレナの手を引いた。

自分の手をしっかりと握る大きな手の感触に、ドキリと胸が高鳴る。

「そ、そうね」

もうとっくに身体を重ねた関係だというのに。

こうして街中で手を繋ぐと、今さらながらテオとデートをしているのだと、新鮮な実感がこみ上げて来て、ギクシャクとセレナは頷く。

テオはセレナの歩調に合わせ、ゆっくりと歩いてくれた。

「で、目当てはあの店だが……やはり混んでいるな」

通りの一画にある人だかりを見て、テオが呟く。

その店は、セレナも前々から評判を聞いていて、ここに来るならぜひ行きたいと思っていた。

例の、セレナが大好きな絵本作家の作品をモチーフにしている店だ。

しかし人気のある有名店だが、予約は受け付けていない。

そのため、入るのには朝早くから駆け込むか、長蛇の列に並ぶ根気が必要だという。

「どうする？　他の店にするか？」

テオが少し残念そうに言うので、セレナは慌てて首を振った。

「ううん！　もしテオが構わなければ、私はここが良いわ」

大好きな絵本の世界が堪能できる店というのもあるが、何よりもテオがセレナのために選んでくれた店だ。他の店になんて行きたくない。

「そうか？　じゃあ、並ぼう」

テオは笑顔で頷くと、行列の最後尾に並んだ。

列に並ぶ客の中には、仮面をつけているテオにチラチラと好奇の目を向ける人もいたが、王宮から遠く離れたここでは、『王宮魔法士テオ』を知る人もいないようだ。

特に話しかけられるわけでもなく、すぐに目を逸(そ)らして連れとのお喋りに戻る。

もし仮面をつけずテオの美貌を露(あら)わにしていたら、もっと女性達はざわめいただろうし、特徴的な銀髪も相まって、流石に第三王子だとは見破られていたかもしれない。

とりあえず誰にも正体がバレていないようなことにホッとして、セレナはテオを見上げた。

「テオ、ありがとう。このお店は噂に聞いていて、ずっと来てみたかったの」

彼とこうして出かけていることが本当に嬉しくて、自然と笑みがこぼれる。

「そうか。それは良かった」

テオも仮面の下で、嬉しそうに笑ってくれた。

そしてふと彼は、店の看板に描かれたウサギに目をやってクスリと笑う。

「セレナに勧めてもらってあの絵本のシリーズを読んだが面白かった。特に、農家のおじさんとウサギの攻防戦が愉快だな」

「本当に⁉　私もあのやりとりが大好き！」

テオが楽しんでくれたようで、セレナも嬉しくなる。

二人で絵本のシリーズの感想を言い合ったり、たわいのない会話をしたりしていると、あっという間に列が進んで順番が来た。

「わぁっ」

店内に一歩入ってセレナは目を輝かせる。

丸太づくりの店内は、まさに絵本の世界に入り込んだかのような可愛らしさだった。

主人公のウサギの家をイメージした造りで、椅子やテーブルは使い勝手が悪くない程度に小さく、テーブルクロスにはウサギの刺繍が施されている。

メニューの名前までも凝っていて『ウサギの盗んだ野菜サラダ』や『おじさんが食べ損ねた昼食パイ』など、作中に出てくる料理が実際に食べられるというわけだ。

「これは人気になるわけだな」

テオがメニュー表を見ながら感心したように言った。

セレナはテオとはしゃぎながら料理を選び、デザートに『ウサギの母さん特製人参ケーキ』なるものを食べて、大満足で店を出た。

「美味しかったな」

店を出て、再び通りを歩きながらテオが満足そうに言う。

セレナも笑顔で頷いた。

「ええ、本当に！」

昼食の待ち時間はそれなりにあったが、まだ十分に陽は高い。

広々とした青い湖の中央には漁船がポッポッと浮かび、岸に近い部分には観光客向けに小さなボートの貸し出しもやっていた。

「せっかく天気も良いことだし、ボートに乗ってみないか？」

テオにそう提案され、セレナは満面の笑みで頷く。

この美しい湖でボートに乗るのも夢だったのだ。

「ぜひ乗りたいわ」

さっそく二人でボート乗り場に行き、可愛らしい二人乗りのボートを借りて乗り込んだ。

「漕ぎ始めは揺れるから、しっかりボートに捕まっていてくれ」

そう言ってテオはオールを握り、あぶなげない手つきでゆったりとボートを漕ぎ始めた。

「テオって本当になんでもできるのね。ボートまで上手に漕げるなんて」

セレナが感心して息を吐くと、仮面の下から覗くテオの頬が微かに赤くなった。

「湖といえばボートだからな。漕いだ経験があるという部下にコツを聞いておいただけだ」

彼はサラリと何でもないことのように言うが、コツを聞いただけでいきなり上手にできるのはやはり凄いと思う。

「湖でボートに乗るなんて初めて。本当に別世界に来たみたい」

セレナはテオの漕ぐオールが生み出す水の流れに身を任せ、ぬけるような青空に目を細めた。

ここ数日のモヤモヤした気分を、一時だけでもすぅっと忘れさせてくれるような美しさだ。

岸から少し離れるとテオは漕ぐのを止め、ボートが穏やかな波にゆったりと揺られるのに身を任せる。

時おりボートの近くの水面に魚の影が映ったり、水鳥の親子が列をなして泳いで行くのが見えたりするのも楽しい。

セレナはボートの縁に両肘を乗せ、キラキラ光る湖面を眺めながら話しかけた。

「テオ、ここに連れてきてくれて、本当にありがとう」

「セレナが喜んでくれて良かった。俺も凄く楽しい」

テオも微笑み、再び二人の間に穏やかな沈黙が流れる。

涼しい風が頬を撫でていくけれど、日差しは暖かくて心地良い。

（このままずっと二人だけで、静かにひっそり暮らせたら……）

ふと、そんな考えが頭をよぎるも、そういかないことは解り切っている。

セレナはそっと目を伏せた。

先日にテオが急遽、王宮魔法士団を率いて魔獣退治に行ったように、彼の力は国になくてはならないものだ。

そして、そんな彼の隣に立つ女性は、文句なしに釣り合う立派な人物であるべきと、周囲の人間が考えるのも無理はない。

自分がテオに不釣り合いだと承知で彼の求婚を受けたのだから、今の状況が辛いだなんて弱音を吐くのは甘えている。

「セレナ……急に何か考え込んでいたようだが、どうかしたのか？」

不意にテオに尋ねられ、セレナは慌てて首を振った。

「いいえ、なんでもないわ。少しぼーっとしてしまっただけ」

我ながら苦しい言い訳だと思ったが、テオは空を見上げて「ああ」と頷いた。

「少し陽射しがきつかったかもしれないな。そろそろ岸に戻ろう」

ボートを返却した時には、高かった陽も微かに傾き始め、湖面がオレンジ色に染まり始めていた。

「そろそろ宿に戻るか」

テオがそう言って、セレナの手を引いた時だ。

「うわーん」

どこからか子供の泣き声が聞こえて来た。

「どうしたのかしら？」

辺りを見渡すと、人の少ない桟橋の隅で一人の女の子がしゃがみこんでいるのが見えた。年のころは七、八歳くらいだろうか。両手で何かを握りしめて泣きじゃくっている。

「あの子、迷子かしら？」

セレナが心配そうに呟くと、テオも頷いた。

「そうかもしれないな」

そして彼は、そのまま女の子に近づいて行く。

「どうした？　なぜ泣いているんだ？」

すると、その少女は驚いたように顔を上げてテオを見た。

「あ、あのね……これ……先週お母さんに買ってもらったばかりなのに、ボートに引っかけて破れちゃったの……」

しゃくりあげながら訴える女の子の手の中を見れば、無残に破れた兎のぬいぐるみがあった。

「なるほど……セレナ、治せるか？」

テオに尋ねられ、セレナは改めてぬいぐるみをよく確認する。

左目のボタンをひっかけたのだろうか、ボタンがなくなり、そこを中心に大きく裂けて綿が飛び出していた。

「目のボタンが片方取れてしまっているの。これを見つけなければ、完全には治せないわ」

セレナの修復魔法は、あくまでも破損しているものを治せるだけだ。肝心の部品が紛失していたら、その部分を作りだすことはできない。

また修復魔法は、無くした部分に代用品をくっつけようとしても駄目だ。あくまでも、その物質に最初からついていたものでなくてはいけないという制約がある。

聞けば女の子は地元の子で、桟橋で遊んでいたところ、乾かしてある予備のボートにぬいぐるみを引っかけてしまったそうだ。

ということは、運が良ければボタンは桟橋のどこかにまだ転がっている可能性がある。

「テオ、この子のボタンを一緒に探してくれないかしら？」

悲しそうな女の子がどうしても放っておけずに尋ねると、テオは当然とばかりに頷いた。

「勿論だ。これも何かの縁だからな」

そういうと、テオは色の濃い桟橋に微かに映る自分の影に向け、手を一振りした。

たちまち赤い光が浮かび上がったかと思うと、寝転んでくつろぎきった様子のフェリが姿を現す。

「んなっ⁉」

フェリは目を瞬かせて辺りを見渡し、テオに少々咎めるような目を向けた。

「デートだから三日間は邪魔をするなって言っといて、いきなり呼び出すなんて、どうしたんだ？」

「すまない、フェリ。探し物を手伝ってほしくてな」

そう言って、テオは簡単にフェリに状況を伝える。

あらゆる魔法を使えるテオだが、何の変哲もない小さなボタンを探すという魔法は流石にないらしい。

「凄い凄い！　鳥さんが喋ってる！」

女の子から純粋な感心の目を向けられ、フェリは気を良くしたらしい。

「なるほど……そりゃ仕方ないな。手伝ってやる」

フェリが一声鳴き、ピョンピョンと飛び跳ねながら桟橋の上を見渡し始めた。

セレナも、テオと女の子と一緒に、夕暮れの色が深まっていく中を熱心に探し回る。

しかし、目に使われていたボタンは黒で、ただでさえ黒っぽく変色している桟橋の板の上では見つけ辛い色だ。

「どこにもない……」

なかなか見つからず、女の子の両眼にまた大粒の涙が浮び始めた。

「だ、大丈夫。もっと探しましょう」

セレナが必死で慰めようとしたが、女の子の涙は決壊寸前だ。

「おいおい、少し落ち着けって」

見兼ねたらしいフェリが、女の子の後ろに飛んでいくと、その襟首を両脚でしっかりと掴(つか)んだ。

真っ赤な羽が力強く動き、女の子の足が微かに桟橋から離れる。

「ほら、特別サービスだ。空中飛行！」

「ふぇっ⁉」

驚きのあまり、女の子は涙も引っ込んだらしい。

「ええっ!?」

小さなフェリが、まさか子どもとはいえ人間一人を掴んで持ち上げられるなんて。セレナも信じられなくて目を見開く。

「凄ーいっ！　わたし、お空を飛んでる！」

キャッキャとはしゃぐ女の子に、フェリが得意そうにカァと鳴いた。

「フェリって力持ちだったのね」

彼の飛行能力が凄まじい事は先日に知っていたが、力も強かったのか。流石はテオの使い魔だ。セレナも感心して呟く。

その時だった。

「あったぞ！」

桟橋を這うようにしてゴソゴソと探っていたテオが、不意に大きな声を挙げた。

掲げたその手には、小さな黒いボタンをしっかりと摘まんでいる。

「まあ、良かったわね」

セレナもホッと胸を撫でおろす。女の子は嬉しそうに顔を輝かせた。

「ありがとう！　おにいちゃん！」

テオから受け取ったボタンを両手で握りしめて、女の子が満面の笑顔で言う。

「良かったな。それじゃ、俺はこれで戻るぜ」

フェリはそう言うと、素早くテオの影に消えて行った。

「じゃあ、ぬいぐるみを直すからボタンと一緒に貸してね」

セレナがそう言うと、女の子は素直に破れたぬいぐるみを手渡す。

テオと二人、桟橋のベンチに座ってもらい、セレナは修復魔法をかけた。

時間が巻き戻るように綿がぬいぐるみの中に引っ込み、裂けた布地がくっついていく。

最後にボタンを留める糸がほどよく巻き付いたところで、セレナは急いで魔法を止めた。

「すごい！　可愛い兎さんが戻ってきた！」

女の子が歓声をあげて、両目に戻った兎のぬいぐるみを嬉しそうに抱きしめる。

「おにいちゃん、おねえちゃん！　ありがとう！　それに、あの赤くてカッコイイ鳥さんにも、ありがとうって言ってね！」

女の子は何度もお礼を言って去って行った。

桟橋には夕日が射し、辺り一面がすっかりオレンジ色に染まっている。

「喜んでもらえて良かったな。やっぱりセレナの魔法は凄い」

女の子が帰って行った方向を見つめ、テオが微笑んだ。

「テオがボタンを探してくれたおかげよ。あれがなければ完全に元に戻すことはできなかったわ。それにフェリが、あの子を上手く宥めてくれて本当に助かったもの」

セレナが言うと、テオがすっと片手を挙げた、

「じゃあ、皆の手柄だな」

ニコニコ笑う彼の意図を読み取り、セレナも笑って彼にハイタッチした。

休暇の楽しさに加え、ささやかだが良い事ができたなという充足感も相まってか、久しぶりに心が本当に軽い。

テオはボタン探し中にすっかり汚れてしまった彼とセレナの衣服を魔法で綺麗にしてくれ、そのまま宿に戻るのかと思いきや、不意に足を止めた。

「テオ？」

セレナが首をかしげると、彼は少し照れくさそうに笑った。

「最後にもう一か所だけ付き合ってくれないか？　見せたいものがある」

もう日暮れなのにと不思議に思いながらも、セレナは素直に頷いた。

テオに連れられて来たのは、湖からほど近い小高い丘の上だった。

夕暮れの風が優しく吹いていていて心地良い。眼下に広がる湖の水面には夕日がキラキラと反射し、幻想的な美しさだ。

れた。

想像もしていなかった絶景に息を詰めていると、涼風から守るようにテオにそっと肩を抱か
「わぁ……」

「実は、王宮魔法士団にこの街の出身者がいて、穴場の観光名所だと教えてくれたんだ」

「そうだったのね。本当に素敵……」


セレナはテオに肩を抱かれたまま、うっとりと景色を眺めた。

太陽が水平線に沈みかけ、空が真っ赤に染まっている。

湖面も夕日を反射してキラキラと輝き、まるで色とりどりの宝石を散りばめたようだ。

そんな幻想的な光景に見入っていると、不意にテオが口を開いた。

「セレナ……どんなことでもいいから、悩みや困ったことがあれば相談してほしい」

「え？」


仮面から覗く真剣なアメジストの瞳に、ドキリとして声が上ずった。

「俺が求婚したせいで、セレナにとって不快な噂が出回っているようだな。昨日ははぐらかされてしまったが、どこか浮かない様子だったし、俺の留守中に何かあったのではないか？」

「そ、それは……」


あまりに単刀直入に尋ねられて、セレナは言葉に詰まった。

「頼む。教えてくれ」

しかし迷った末、テオの真摯な眼差しに負けて、ポツポツと白状した。

テオが諸外国からの縁談を避けるために、形だけセレナを娶ったのだろうと言う噂を聞いて辛かったこと。

そして、噂話はセレナを貶めるつもりだろうが結果的にテオまで悪く言われてしまっているのは、そもそも自分が彼に不釣り合いだからと悩んでいたことも……。

すると、テオは驚いた様に目を見開いた。

「セレナが俺に不釣り合い？　そんな馬鹿なことがあるわけがないだろう」

「でも……」

言いよどむと、彼はふっと自嘲気味に笑った。

「むしろ求婚早々で相手の女性を一人にし、嫉妬の陰口からも守れないような俺の方が、セレナには不釣り合いの情けない男だと思うが」

そう呟いた彼に、セレナは慌てて首を横に振る。

「違うわ！　テオが留守にしていたのだって、民を守るために戦っていたからでしょう？　私が気にしないという選択肢もあったのに、勝手に悩んでしまっただけなのよ」

「セレナは優しいな……優しすぎる」

テオがそっとセレナの両手をとり、包み込むように握った。

「しかし……だから心配なんだ。俺はそんなセレナの優しさにつけこんで、強引に求婚したのも同然だからな」

「テオ……」

「俺はセレナが思っているほど、立派な男じゃない。テオバルトとして過ごしている時とテオとして過ごしている時で周囲の対応が違うことで人間不信になって家族を困らせたり、セレナを好きになったからといって意向も聞かず勝手に婚約破棄を画策するような奴だ」

だが……と、テオはセレナの目を真っ直ぐに見つめる。

「本当に救われたんだ。初めてセレナに会った時、俺をただ一人の普通の人間として扱ってくれたのが、嬉しくてたまらなかった」

「それは……それこそ私がテオにしたのはそれだけだわ。貴方が人間不信だったとも知らなかったし、偶然にただそう対応しただけなの。特別なことは何もしていないわ」

胸にずっとつかえていて苦しかったことを吐き出すと、テオがふわりと微笑んだ。

「セレナにとっては偶然でも、俺にとっては特別なことだった。それでは駄目なのか？」

「……」

「セレナ以上に俺が愛せる人間は、きっとこの先もいない。諸外国から縁談の話が出ていたのは事実だが、セレナに求婚しなくとも全て断っていた」

セレナの手を握りしめる力が強くなり、熱烈な口調に返答が詰まる。

「改めてもう一度、求婚させてくれ。セレナ、俺は君を愛している。一生かけて幸せにすると誓うから、どうか俺と結婚してくれないか?」

テオのアメジストの瞳が熱を帯びて揺らめき、セレナは胸が熱くなるのを感じた。

「ありがとう……テオ」

感極まって目の奥がツンと痛くなる。視界が涙で滲んだ。

セレナにしても、テオを好きになるのに特別なきっかけなどなかったのを思い出す。ただ、あの静かな図書室で彼と繰り返し顔を合わせ、他愛無いお喋りをした。そのあいだに、恋愛小説に出てくるような特別な事件などはなかった。

でも、それを続けるうちに段々と彼の人柄に惹かれていったのだ。

彼が、自分ではとても身分の釣り合わない第三王子だと知っても、拒み切れなくなるくらいに……。

「私も……テオを愛しているわ。だからこそ求婚された時、自分に王子妃なんて無理だと思いながら断れなかったの」

彼の手を取り、ずっとモヤモヤしていた心の中で、やっと出した答えを口にする。

「だから、私も微力ながらテオを幸せにできるよう頑張っても良いかしら？　私だけが幸せになりたいわけじゃない。貴方と一緒に幸せになりたいの」

　そう答えた途端、今度は強く抱きしめられる。

「ありがとう……嬉しい……」

　耳元で囁かれた声が震えており、彼もまた自分と同じ気持ちでいてくれたのだと実感する。

　セレナはそっと目を閉じた。

　テオが身を屈める気配がし、やがて唇に柔らかいものが触れる。

　それはすぐに離れたけれど、彼の熱っぽい視線を感じて胸が高鳴り、もっと触れてほしいと心が訴えていた。

「もう一度……」

　そんな願いを素直に口にして、再び唇が重なる。今度は少し長めで、角度を変えながら何度もついばまれ、頭がクラクラする。

「ん……っ」

　思わず吐息を漏らすと、テオの手が優しく頭を撫でた。

「名残惜しいが、そろそろ宿に戻ろう」

　気づけばすっかり陽は沈みかけており、セレナ達は真っ暗にならないうちに急いで宿に戻った。

宿の食事は地元の新鮮な魚介類や野菜使ったもので美味しかったが、何だか胸が一杯であまりたくさん食べられなかった。

木の香りが心地よい浴室で湯浴みを済ませ、夜着に着替えたセレナは、ドキドキしながら二人用の寝室に入る。

既にテオは仮面をとり、着替えて寝台に腰を下ろしていた。

「セレナ、おいで」

優しく手を引かれて、彼の隣に腰をおろすと、すぐにテオに抱き寄せられる。そのまま寝台の上に横になった。

ドキドキと心臓が激しく鳴って壊れそうだ。

もう何度も彼と身体を重ねているけれど、先ほど改めて互いの本心を確かめ合った後のせいか、初めてこの行為をするように緊張が高まる。

至近距離で見つめ合った後、どちらからともなく口づけを交わす。

角度を変えながら何度も唇をついばみ合い、次第に深くなっていくそれに頭がくらくらする。

幸せすぎて溶けてしまいそうだ。

やがて長いキスが終わり、二人の唇がそっと離れると、セレナはほうっと息を吐いた。

そんなセレナの頬に軽く口づけながら、テオが囁く。

「セレナ……愛している」

そして、彼はそっとセレナの首筋を撫でた。

「んっ」

くすぐったさに小さく震えると、テオはふっと笑い、首筋に顔を埋めるようにして強く抱きしめられる。

そのまま、テオの手がセレナの胸元をなぞり始めた。

「あっ……」

思わず声が出てしまい、慌てて口元を押さえる。すると、テオが耳元で囁いた。

「我慢しなくていい」

そのまま彼の手は優しく胸を撫で、やがて夜着のボタンを外していく。

（う……やっぱり、何度してもこれは……）

恥ずかしさに戸惑っていると、テオがふっと笑った気配がした。

「緊張するセレナも相変わらず可愛い」

優しい声で言われ、余計に羞恥が増すも、胸が甘く疼く。

テオは、セレナの緊張をほぐすように何度も顔中にキスをしながら、器用にボタンを外していく。

やがて全てのボタンが外れ、夜着の前がはだけると、テオの手が直接肌に触れた。

「あっ……」

思わず声が漏れるが、彼は構わずにゆっくりと胸を撫でまわす。

そして、胸の突起を探り当てるとそこを優しく摘まんだ。

「んっ……」

優しい愛撫に甘い刺激を感じながらも、セレナは必死に声を押し殺した。

テオはそんなセレナに微笑むと、今度は胸の突起を口に含む。

「んんっ！」

突然の強い刺激に、セレナは大きく身体を仰け反らせた。

そんなセレナの反応を楽しむように、彼は舌を使って愛撫を続ける。

「ふっ……んっ」

必死に声を耐えていると、テオがふと顔を上げた。そして悪戯っぽく笑う。

「声を抑える必要はないぞ？」

「だって……恥ずかしいわ」

恥ずかしさに目を逸らすと、テオはクスリと笑った。

そして胸への愛撫を再開する。今度は口に含んでいない方の胸を、やわやわと揉み始めた。

「んっ……」

テオの手の中で自分の胸が大きく形を変えるのを感じ、セレナは顔を真っ赤に染める。

彼の指が胸の先端を摘まんだり弾いたりする度に甘い刺激が走り、身体が小さく震えてしまう。

「あっ……ん」

思わず声が出てしまい慌てて口を押さえると、テオが情欲に掠れた声を発した。

「もっと声を聞かせてほしい」

その低い声に、ドキリと心臓が鼓動する。

彼は再び胸の突起を口に含むと、舌で優しく転がし始めた。

「あっ……んっ……」

濡れた温かな舌で弄られ、時折強く吸われると、身体の奥底からじんわりとした快感が広がる。

やがてテオの片手が下腹に伸ばされる。下着の上から優しく撫でられているだけなのに、既にそこはしっとりと湿り気を帯び始めていた。

テオの手が下着の中に入り込み、割れ目をなぞった瞬間。セレナの身体に甘い痺れが走った。

「あぁっ！」

思わず大きな声が出てしまい、慌てて口を塞ぐ。

しかしテオは構わずに愛撫を続けた。

陰核を優しく擦られると、セレナの口からくぐもった喘ぎが漏れる。

テオの指が割れ目の中に入り込み、浅い部分をかき回すように動くと、さらに蜜が溢れ出した。

グチュグチュと淫靡な水音がそこから立ち昇り、どうしようもない程の快楽にセレナは瞳を潤ませながら、身悶えるしかできない。

そんなセレナの様子を察してか、テオは少し悪戯っぽく笑った。

「もっとセレナの声を聞きたいと言っただろう？」

そう言って、彼はセレナの手を口元から外し、自分の指を絡ませるようにして寝台に押さえつける。

そして、そのまま指の動きを激しくした。

「あぁっ！　んんっ！」

もう声を我慢することもできず、テオの指先で翻弄されるままに喘ぐことしかできない。

そんなセレナの様子を愛おしそうに見つめながら、テオが囁いた。

「もっと聞かせてくれ……」

その瞬間、更に強い刺激が与えられてセレナは背をしならせた。

「あっ、だめっ……テオ！　もう……」

セレナが限界を訴えると、彼はふっと笑い、耳元に唇を寄せて囁いた。

「ああ、イッていいぞ」

敏感な箇所を指先でグルリと強く刺激されたその途端、セレナの全身に鮮烈な快楽が広がり、頭の中が真っ白になる。

全身が痙攣し、やがて脱力感に包まれた。

（私ばかり気持ちよくなってしまってる気がするわ）

そんな罪悪感を覚えながら呼吸を整えていると、テオに優しく髪を撫でられる。

そして彼は身体を起こすと、セレナの衣服を剥ぎとり、自らの衣服を手早く脱いだ。

一糸まとわぬ姿になったテオが、再びセレナの上にのしかかってくる。

「すまない……もう限界だ」

彼の瞳は情欲に濡れており、余裕のない表情に胸が高鳴る。

これから与えられる快楽を予想し、ゴクリと唾を呑んだセレナを見て、彼はふっと笑った。

「そんな顔をされると……優しくできそうにないな」

そして、テオは自身の剛直をセレナの入り口に押し当てると、ゆっくりと挿入し始める。

「あっ……あ……」

既に十分すぎるほど潤っているそこは、テオのものを難なく受け入れた。しかし、その質量にセレナは息を詰める。

ミチミチと、雄が狭い蜜道を押し広げていく。やがて根本まで入りきると、彼は小さく息を吐いた。

そしてそのまま動かずにセレナを抱きしめる。

「あ……」

彼の体温と鼓動を感じながら、幸せな気持ちになると同時に、雄を受け入れている場所がヒクヒクと蠢き始めた。

もっと激しくしてほしいという欲求が湧き上がってくる。

そんな気持ちを見透かしたのか、テオが小さく笑った気配がした。

「こんなに締め付けて……もっと激しくされたいのか？」

図星をつかれ、セレナが顔を赤くすると、テオは更に笑みを深めた。

彼がゆっくりと腰を動かし始める。最初は軽く揺するようにしていたものが徐々に速くなり、やがて奥まで突き上げるような動きに変わると、セレナの口から甘い声が漏れ出した。

「あぁっ！　あっ！　あぅ……」

激しい抽挿に結合部からはグチュグチュという水音が響き渡り、聴覚からも犯されているような気分になる。

テオの動きに合わせてセレナも自然と腰を揺らし、更なる快楽を貪った。

やがてテオの限界が近づいてきたのか、抽挿が激しくなる。

「あっ！　もうっ……だめぇっ！」

セレナは一際大きな声を上げると、絶頂を迎えた。

同時に彼女の中が強く収縮し、テオのものを強く締め付ける。その刺激に彼もまた熱い飛沫(しぶき)を放ったのだった。

しばらく繋がったまま余韻に浸っていると、ふとテオが口を開いた。

「幸せだ……」

ぽつりと呟かれた言葉に、セレナも微笑む。

「私も……幸せよ」

これからもテオに相応しくないと言われることは数えきれないほどあるだろうし、そうすぐに自信なんて持てない。

でも、たとえ釣り合わなくともテオはセレナを望んでくれた。

彼のその想いだけは信じたい。

引き寄せられるように、どちらからともなく口づけを交わす。穏やかにいたわり合うような優しい口づけに全身が溶けそうなほどの幸せを覚える。

幸福感に包まれながら、二人はそのまま眠りについた。


翌日も朝から快晴だったが、宿の窓から見える街の賑わいは、前日と比べてぐっと減っていた。

「皆も、隣町の祭りに行くのだろうな」

まだ残っている人々の一部が、楽しそうに乗合馬車へ急ぐのを眺め、テオが頷く。

本日は、この湖畔の街から少し離れた隣町で、ちょっとしたお祭りが開かれるのだ。

実は、テオが急な旅行を提案してきたのには、この祭りの日程に合わせる目的があったという。

「絵本で見た仮面祭に行けるなんて！」

浮き立つ心が抑えきれず、セレナはついはしゃいだ声をあげた。

湖畔の街を舞台にした、例の大好きな絵本シリーズだが、隣町で行われるお祭りに主人公のウサギが出かけるという話もある。

その祭りでは、皆が仮面や被り物で正体を隠して参加するのが習わしだ。

絵本の中のウサギが、被り物で顔と長い耳を隠し、意気揚々と祭りに繰り出す姿が可愛らしくてたまらなかった。

「俺も楽しみだ。早く行こう」

今日もお忍び用の地味な衣服と仮面をつけたテオが、ワクワクした様子で手を差し出す。

「ええ。転移魔法は初めてだから、少し緊張するわ……」

ドキドキしながら、セレナは彼の手をとった。

セレナも相変わらず地味な服と帽子で変装しているけれど、仮面は現地で買えるのでつけていない。

そして祭り会場の隣町まで乗り合い馬車はあるが、何しろお忍びだから、なるべく人と接さないで移動を済ませたい。

そこでテオの魔法を使って隣町まで行くことにしたのだ。

「隣町までなら、何度か続けて転移魔法をかけて移動することになるが、しっかりと着地点は確認する。誰かにぶつかるようなヘマはしないから安心してくれ」

快活に笑って言われ、セレナは慌てて首を横に振った。

「あ！　テオを信用していないとか、そういうつもりではないわ」

転移魔法とは、術者自身とそれに付随したものを、離れた場所に一瞬で移動させる高度な魔法だ。

術者の力量によっては、手を繋いでいる他者を共に移動させることも可能で、もちろんテオはそれが簡単にできるという。

ただし、転移魔法が高度な魔法とされているのは、その魔法を使えるものが少ないというのもあるが、危険もあるからだ。

転移魔法で初めて移動する先を座標にすれば、そこが安全な場所なのかわからない。

また、よく見知った場所であっても、誰かが偶然そこにいて移動した瞬間に激突で大怪我(おおけが)……という可能性もある。

そのため、転移魔法を安全に使うのには、着地点先の安全を確認できる遠視魔法の併用も必須となるのだ。

「解っている。初めてなら不安なのも納得だ」

テオが優しく微笑み、セレナの片手をしっかり握りしめ、もう片方の手を腰に回して抱き寄せた。

アメジスト色の瞳がそっと閉じられ、彼の口が呪文を唱えるのを聞きながら、セレナの心臓は壊れそうなほど早く鼓動していく。

「っ！」

次の瞬間、足元の床がすっと抜け落ちたような浮遊感に全身を包まれ、セレナは思わず息を呑んでテオにしがみ付いた。

同時にぎゅっと目を瞑り身体を強張らせると、ふっと周囲を包む空気が変わったのに気づく。

青い草の香りが鼻腔をくすぐり、たくさんの鶏の鳴き声が聞こえて、セレナはそっと目を開けた。

「……ここは？」

目に飛び込んできたのは、先ほどまでいた宿の一室ではなく、古びた納屋のような建物の影だった。遠くに、数頭の牛がのんびりと草を食んでいるのが見える。

「まだここは、湖畔の町の外れにある農家だ。また移動するから、掴まっていてくれ」

テオに言われて、慌ててセレナはまた彼にしがみつく。

再び彼が呪文を唱え、またあの浮遊感に襲われた。

テオが言うに、転移魔法で移動できる距離は、どんなに魔力が強くてもせいぜい一度に数キロだそうだ。

なので、遠い地に移動する時には複数回続けて転移魔法を使わなければならない。

そのため、赤いカラス姿のフェリの方がよほど早く遠方につけるのだという。

しかし本日は偵察や伝言が必要なのではなく、セレナとテオが目的地まで同行することに意味があるのだ。

「よし、着いた」

何度か転移魔法を使ってから、テオの声で目を開けると、人気のない路地裏にセレナ達はいた。

とはいえ、すぐ近くの通りからは賑やかな声が響いており、大勢の人が闊歩しているのが見える。

祭り会場にいきなり転移魔法で現れたら騒ぎになってしまうから、目立たない路地を着地点にしたのだろう。

「はぁ……」

ようやく着いた安堵に、セレナは深く息を吐いた。

「大丈夫か?」

「ええ。最初は少し怖かったけれど、慣れてきたら面白かったわ」

素直に感想を言えば、テオはホッとした様に笑みをこぼす。

「それなら良かった」

そして彼は、セレナの手を取って歩き出した。

「さあ、行こう。仮面祭はもう始まっている」

「ええ！」

熱気に包まれた町には、多くの屋台が出店されていた。

その中には祭り用の仮面や被り物を売るものも少なくはない。

洒落たデザインの仮面や、目と口の部分をくり抜いた動物形の被り物、仮面とセットでつける動物耳のカチューシャやガラス玉で飾った安物のティアラなど、値段も形も様々な品が売られている。

まずはセレナの分の仮面を買うために、仮面を扱う屋台を覗くことにした。

「どれも可愛くて、迷ってしまうわ」

白やピンク、黒に水色など色とりどりで、羽根がついていたりビーズを散らしていたりなど、目移りしてしまう。

「兄さん、随分と気合を入れた仮面じゃないかい。今年の流行はそういう形の仮面だよ」

店主がテオの仮面を指して、笑いながら声をかけてきた。

「お嬢ちゃん、せっかくならセンスのいい彼氏さんに選んでもらったらどうだい？」

「か、彼氏……」

思わずセレナは赤面する。

テオとは恋人同士どころか正式に婚約者なのだが、恋人だった期間がないせいか、急にそう呼ばれると何とも気恥ずかしい。

「そうだな。セレナさえよければ、俺が幾つか候補を見繕ってもいいか？」

一方でテオは、まんざらでもなさそうに機嫌よく笑いながら尋ねてきた。

「ええ……選ぶのを手伝ってもらえたら嬉しいわ」

テオが選んでくれるのなら、間違いないだろう。セレナはそう考えて頷いた。

「じゃあ、まずはこれと……これはどうだ？」

テオがいくつか手に取った仮面を、セレナに当てる。

青い蝶の羽を象った仮面と、白地に花模様がセンスよく描かれた仮面だ。

「わっ、困ったわ。どっちも可愛くて、ますます悩んでしまうわよ」

店の鏡でその二つを合わせて眺めながら悩んでいると、テオが「あ」と声をあげた。

「それじゃあ、これはどうだ？」

そう言って彼が見せてきたのは、テオの仮面にどことなく似た黒い仮面だ。

もちろん細部のデザインは違うし、黒い羽根飾りが一本ついているが、これをテオの隣でつけていたらまるで揃えたように見えるだろう。

「素敵！　これにするわ」

セレナは迷わず、その仮面を選んだ。

これでテオとおそろいだ。そう思っただけで顔が緩んでしまう。

「よし、じゃあこれにしよう」

テオも嬉しそうに笑い、店主に代金を手渡した。

「まいどあり！」

店主が威勢よく声を上げる。

「ありがとう」

テオに買ってもらった仮面をつけて礼を言うと、彼は仮面の奥で嬉しそうに目を細めた。

「どういたしまして。よく似合っている」

「本当？」

「ああ。今日はまた一段と可愛いな」

「なっ！」

テオの不意打ちに、セレナは真っ赤になって言葉に詰まる。

そんなセレナの反応を見て、テオがクスクス笑った。

「さあ、仮面も手に入れたことだし、早くあちこち見て回ろう」

そう言って彼が差し伸べた手をセレナはしっかりと握った。

「ええ！」

仮面をつけて顔を隠しているせいだろうか。

先ほどよりもいっそうお忍び感が増して、大胆な気分になってくる。

二人でさっそく、屋台や出店で賑わう大通りに繰り出した。

街中に溢れる笑い声やざわめき、道脇にところ狭しと並んだ出店や屋台からの活気あふれる声や美味しそうな匂い。

それら全てが一体となって、祭りの雰囲気を盛り立てている。

滞在している湖畔の街は、観光地だけあって何でもない日でもお祭りのような賑やかさだったが、やはり本物の祭りの雰囲気は違う。

「お祭りなんて久しぶりだわ」

ウキウキと心を弾ませながら、セレナはテオに話しかけた。

「俺は、小さい頃にお忍びで行ったのが最後だ。兄上達と魔法を使って城を抜け出して、後で両親に物凄く怒られた」

昔を思い出したのか、テオがクックと喉を鳴らす。

「テオは本当に昔から、お兄様たちと仲が良かったのね」

テオの家族へ挨拶に行った時、第一王子のアダンと第二王子のエミリコが、とても好意的な……というよりも、心から安堵したような優しい表情を浮かべていたのを思い出す。

「ああ。魔法の才に少しばかり秀でた俺が、周囲からチヤホヤされても思い上がらずに済んだのは、両親はもちろん兄上達が変に遠慮せず普通に接してくれていたおかげだ。俺は二人が大好きだし、心から尊敬している」

「テオ……」

テオの屈託のない笑顔を見ていると、セレナの胸も温かくなってくる。

ギュッと、繋いだ手に小さく力を籠めて、自然と笑みが零れた。

「私も自分のお兄様を凄く尊敬しているし大好きよ。そんな所でもテオと共通点があったなんて嬉しいわ」

「セレナと俺の共通点か……。それは、また嬉しいな」

テオはそう言うと、仮面の下で目を細める。

それから二人で屋台を冷やかしたり、出店で食べ物を買ったりして祭りを満喫しだした。

的当てゲームで遊んだり、ちょっと怪しげな手相占いを体験したりと、楽しみはつきない。

しばらくしてそろそろお腹が空いてきたので、二人で食べ物の屋台に並んだ。

香ばしい羊の串焼きの肉にかぶりつくと、甘辛いタレの味が口の中に広がる。

「美味しい！」

食べ終わった串を屋台に備え付けのゴミ箱に入れると、テオはもう次の出店に目をつけていた。

「次は甘いものが食べたいな」

そう言って彼が指したのは、色とりどりの飴細工が並んだ屋台だ。

「可愛い！」

その屋台では、棒の先に動物や花など様々な形をした色とりどりの飴細工が刺して売られていて、セレナは目を輝かせる。

さっそくその屋台に向かって歩き、どれにしようかと悩み始めたその時だった。

「暴れ馬だ！」

不意に大きな声が聞こえ、ほぼ同時に凄まじい地鳴りと足音。そこかしこからの悲鳴が響き渡る。

「っ⁉」

音のする方をみれば、祭り用に飾り立てられた馬が、どういうわけか目を血走らせてセレナ達のいる屋台の方向へと突進してくる。

「ひいい！」

「あんたら、避けろ！」

「逃げろ！」

店主や周囲の客が悲鳴をあげる中、身が竦んでしまったセレナをテオがふわりと片手で抱き寄せた。

もう片手を、突進してくる馬に向けて早口に呪文を唱える。

「……え？」

一瞬後、セレナは目の前の光景が信じられずに間抜けな声を発した。

周囲の人々も、目を丸くして宙に浮いている馬をポカンと眺めている。

そう。テオが呪文を唱えて発した光が、暴走して来た馬をあっという間に包み込んだかと思うと、そのまま馬は光に包まれてふよふよと宙に浮び始めたのだ。

「な、なんだこりゃあ……」

店主が呆然と呟く。

「セレナ、大丈夫か？」

テオはそんな周囲の反応など気にした様子もなく、腕の中のセレナに優しく声をかけた。

「え、ええ……」

この魔法は何度も見た覚えがある。

夕暮れの図書室で、テオがセレナを手伝って書庫の高い位置に本を戻す際に使っていた魔法だ。

でもまさか、暴れて突進してくる馬をすっぽり包み込んで浮かせてしまうなんて……。

「怪我はないか？」

「ええ……。その、馬は大丈夫かしら？」

「大丈夫だ」

そう言ってテオが馬の光に手をかざすと、馬もまたふよふよとその手を伝い下りてくる。そして地面に足が着くと同時に光が弾けて消えた。

まるで催眠術から醒めたかのように、先ほどまで血走っていた目をしていた馬が急に大人しくなり、テオがその手綱をとると甘えるように鼻を鳴らした。

「す、すみません！」

山高帽子を被った小太りの中年男性が、テオと馬に駆け寄ってくる。

「祭りの余興用の馬が、蜂に刺されたせいで暴れて逃げてしまって……」

どうやら彼が、この馬の持ち主らしい。

平謝りする男に、テオが馬を返す。

周囲はまだざわめいていたが、どうやら幸いにも怪我人は出なかったようだ。

「馬を止めて下さりありがとうございます。大惨事を起こさずに済みました」

中年男性は何度も頭を下げ、馬をあやしながら戻って行った。

「テオ、ありがとう。助かったわ」

セレナはホッと胸を撫(な)で下ろす。

「ああ。怪我がなくて良かった」

そう言って笑うテオに、セレナも笑顔で頷き返す。

そんな二人を見て、周囲の人々から自然と拍手が沸き起こった。

「兄さん、これは儂(わし)からのお礼じゃ。受け取ってくれ」

飴屋(あめや)の屋台の老人が、ズラリと並んだ飴の中から一番豪華な薔薇(ばら)の飴細工を二本、テオとセレナに差し出す。

「いや、そんな……」

恐縮した様子のテオに、老人は皺(しわ)だらけの顔をさらにクシャリとさせて笑った。

「兄さんがいなけりゃ、この屋台の飴は全て吹っ飛んでいただろうからな。これくらいさせて貰いたいんじゃよ」

「そういうことなら……」

テオは老人から飴を受け取ると、セレナに一本渡した。

「ありがとう」

二人で並んで、薔薇の飴を口に入れる。甘い糖蜜の味が口中に広がった。

「……美味しいわ！」

「ああ、そうだな」

隣でテオも頷く。

そうやって二人でゆっくり飴を楽しみたいところだったが、そうもいかなかった。

我に返った周囲の人々が、わっと歓声をあげてテオの方に集まってきたからだ。

「すげーな兄さん！　あんな魔法、初めてみたよ！」

「もしかして、有名な魔法使いなんですか⁉」

「私の実家、近くで茶店をしているんです。良ければぜひご招待させてください！」

口々に話しかけられ、あっという間に取り囲まれてしまう。

「いや……俺は大したことはしていない」

しかし、テオは流石にこんなことに慣れているのだろう。

サラリと歓声を受け流し、押し寄せる人々の輪からしなやかに抜け出てセレナを抱き寄せる。

「移動するぞ。掴まっていてくれ」

小声で囁かれ、急いで飴を持っていない方の手で彼に掴まった瞬間、転移魔法の衝撃に襲われた。

「っ……はぁ」

テオの溜息が聞こえ、目を開けると周囲は先ほどまでの街中から、どこかの野原へと変わっている。

「まだ祭りを楽しんでいたところだったのに、変に目立ってしまったせいですまない。だが、あれ以上あそこにいるのは……」

仮面を外して、気まずそうに言葉を濁した彼に、セレナは笑顔で首を横に振った。

「ううん。テオが波風立てたくないだなんて言わないで馬を止めてくれて、本当に良かったわ。あのお祭りにいた大勢の人の笑顔を守れたんだもの」

「セレナ……」

「テオの大活躍も見ることができて、嬉しかったわ。それにほら、素敵なお土産もあることだし。今日の埋め合わせには十分よ」

セレナはそう言い、自分も仮面を取って、手に持った薔薇の飴細工を指す。

「ああ……。セレナはいつだって、俺が一番欲しい言葉をくれるんだな」

テオがクシャリと顔を歪(ゆが)め、泣きそうな笑顔になった。

「テオ……」

胸が締め付けられるような感覚を覚えて、セレナも泣き笑いのような表情になってしまう。

本当に、テオの魔法は素晴らしく強力だ。

先ほどのように大勢の人を助け、大勢に賞賛される。

ただ、テオの魔法が賞賛されていくにつれ、テオ個人の感情――例えば『本当は目立たず静かに祭りを楽しみたかったけれど、困っている人を見過ごせなかった』というようなものは、気に留められなくなったのではなかろうか。

『天才』『神童』そんな言葉で覆い尽くされたテオが、一人の人間として見てほしかったという渇望が、少しだけでも解かったような気がした。

セレナはそっと手を伸ばし、テオの頬に優しく口づけた。

「……っ！」

驚いた様子の彼に、そのままギュッと抱きつく。

「私は思ったままの事を言うだけ。……テオ、大好きよ」

そう囁くと、テオの腕も強く抱きしめ返してきた。

「俺もだ。愛している」

「テオ……」

そのまましばらく、二人は無言で抱きしめあい、目を合わせてクスリと笑いあった。

「ここなら静かだし、落ち着いて飴を楽しめそうだ」

テオが言い、地面にハンカチを敷いてセレナを座らせると、虫よけの小さな結界を張ってくれる。

「ありがとう」

それから彼は、セレナの隣で飴細工を口に含んだ。

「うん……美味しいな」

テオが小さな薔薇を舌で転がしながら呟くと、セレナもそっと薔薇の飴を食べた。

口の中で花の蜜から作られた甘い味が広がり、周囲に漂う花の香りがふわりと鼻腔に届く。

「本当ね」

綺麗な青空の下、目の前には花の咲き乱れる美しい野原があって、隣には大好きな人がいて静かな時間を二人で過ごしている。

天国というのはこういう時間を言うのではないかと、美味しい飴を口に含みながらセレナはうっとりとその状況に酔いしれた。

「……まるで天国にいるみたいだ」

不意にテオがポツリと呟く。

「テオも？　私もちょうど、そう思っていたの」

セレナがそう返すと、テオは嬉しそうに目を細めた。

「そうか。同じ事を思っていたんだな」

「ええ、そうね。この素敵な場所にテオと二人きりだなんて……。幸せだわ」

セレナはうっとりとしながら呟く。

こんな時間がいつまでも続けばいいのにと、そう願う気持ちはやっぱりある。

けれど、昨日のように切なくならないのは、テオに真摯な気持ちを伝えてもらったおかげだろう。

誰に釣り合わないと言われても、テオ自身はセレナを望んでくれている。

その事実を改めて知った今は、ただ彼と一緒にいれることが幸せでたまらない。

「俺も幸せだ。こうして、セレナと二人きりで過ごせるのは」

そんな気持ちを込めて彼を見つめると、テオも優しい眼差しを返してくれる。

そのまま自然と顔が近づいていき、そっと唇が重なった。

「ん……」

何度か角度を変えながら優しく口づけられ、それからゆっくりと離される。

「甘い……な」

テオはペロリと唇を舐めながら呟いた。その仕草にドキリとする。

彼の唇に移った蜜を舐めとっただけと分かっていても、その仕草は妙に艶めかしく見えた。

「セレナ……」

テオが熱っぽい目で見つめてくる。

周囲に誰もいないのをいいことに、二人はそのまま何度もキスを繰り返した。

翌日、セレナ達は宿に戻って湖畔を散歩したり、絵本の舞台となった場所を散策したりして回った。

湖での魚釣りも体験し、人生で初めて自分で釣った魚を焼いて食べた時は感動したものだ。

テオは相変わらず、初めてだという魚釣りにも玄人顔負けの上手さを披露し、地元の釣り師たちを驚かせていた。

そんな風に旅行の最終日も楽しく過ぎ去り、あっという間に城へ帰る日がやってきたが、セレナは後ろ髪を引かれることなく帰りの馬車に乗ることができた。

確かに素晴らしい旅行で、機会があればぜひまた来たい。

テオも『いつか……いや、来年もまた絶対に来よう』と言ってくれた。

それは楽しみだが、愛するテオとこれからも一緒に生きていくのなら、まずは城で頑張らなくては。

そんな前向きな気分を胸に、セレナは湖畔の街を後にしたのだった。

第四章

「──素晴らしい！　完璧でございます」

マナー教師を勤める侯爵夫人の声に、セレナはホッとして肩の力を抜いた。

あの素晴らしい湖畔の街への旅行から一ヵ月が経つ。

季節はそろそろ初夏を迎え、陽射しも強くなりだした。

先日の旅行の後、城に戻るとセレナの王子妃教育のための教師が揃っており、この一ヶ月は司書の仕事もお休みにして、熱心に講義を受けていたのだ。

元より子爵家の娘として淑女教育はしっかり受けていたし、王宮司書を勤めた二年間で、宮廷内で必要な所作やしきたりも身についている。

それでも王子妃とあれば神聖な儀式に参加もするし、諸国の外交官と交流する機会もある。今までの知識だけでは足りない部分を補う必要があった。

今習得しているものよりもさらに高度な外国語に諸外国のしきたりやマナー。さらには外交に必要な知識も詰め込み、セレナは毎日ヘトヘトになって自室に戻ったものだ。

しかし、それも今日で一段落。結婚式に向けてやるべきことはまだまだあるが、大きなヤマを一つ越えたというところだ。

「セレナ様は覚えが早いので、わたくしもつい張り切ってしまいましたわ。流石はテオバルト殿下がお見染めになった御方ですわね」

教本を拾い集めながら、侯爵夫人が微笑む。

セレナは恐縮して頭を下げた。

「いえ、そんな……私などまだまだです」

「ご謙遜を。セレナ様は既に完璧な未来の王子妃でございますわ」

侯爵夫人は優しく微笑むと一礼して勉強部屋を出て行き、入れ替わりにドラが入室する。

「この後はお式の打ち合わせですね？」

「ええ。テオと本殿で待ち合わせをしているの」

セレナとテオの結婚式は、準備の期間も考えて初秋に行うことに決めた。

婚約してすぐの顔合わせ時に国王から言われた通り、王族の結婚式にはしきたりも多く、完全に自由に行うことはできない。

例えば、テオは互いの家族だけを呼んでひっそりと行う結婚式が理想だったらしいが、第三王子の彼が結婚するとなれば、それは国の行事になるので無理だ。

代々の王族が婚礼をしてきた神殿で、盛大な式を挙げることは確定している。

とはいえ、飾りつけの花や衣装、招待客への振る舞い品などはかなりセレナ達の好きなように決められる。

テオも『結婚式で重要なのは形ではなく相手だ。相手がセレナなら、式の形は俺の理想と違ってもいい』と言ってくれた。

王族の結婚式には他国の王族や国内の有力貴族をもてなす必要もあるので、そちらの手配や準備も同時に行っている。

「ドラも忙しい中、いつもありがとう。ドラがいなかったら、結婚式の手配ももっと大変だったと思うわ」

「いえ。私は当然の仕事をしたままです」

ドラは穏やかに微笑んだ。

この多忙な一ヵ月間、彼女の細やかな気遣いがなければ、セレナは早々に泣き言を言っていただろう。

「では、参りましょう」

ドラに付き添われ、セレナはテオと待ち合わせをしている城の本殿へと向かった。

「ああ、来たか」

打ち合わせ用の部屋では、仮面を外したテオが既に待っていた。向かいの席には王宮の催事を担当する文官長がいる。

「お待たせしました、殿下。文官長」

文官長もいるので、こういう場ではいつものようにテオを気安く呼ぶことは出来ない。

粛々とテオの隣の席へと座り、ドラが部屋の脇に控えると、打ち合わせは始まった。

「すでに神殿での式の段取りは済んでいますので、本日は王宮での披露宴に関することを決めたいと思います」

文官長が差し出したのは、当日の流れが書かれた紙だ。

「ふむ……特に問題はなさそうだな」

テオがざっと目を通して頷き、セレナも目録を確認する。

王宮の大広間を使って行われる披露宴は、舞踏会を兼ねた盛大なものだ。

基本的な流れは婚約披露宴の時と同じとはいえ、外国の王族や使節も大勢招くので招待客の規模は段違いとなるし、あの時のように早々に退席はできないだろう。

(緊張するけれど……)

結婚式は、テオと寄り添って生きていく第一歩だ。

この程度で音をあげていたらきりがないし、この上なく幸せな瞬間であることは間違いない。

しかし、テオはセレナの緊張を見越したように笑った。

「大丈夫だ。何かあれば俺がフォローする」

「殿下……」

テオの優しい視線に、セレナも笑って頷いた。

そんなセレナたちに、文官長も目を細める。

「それでは、式場の飾りつけに関してですが、何かご要望はございますか？」

文官長が分厚い色見本誌を取り出すと、テオがセレナの方を見た。

「セレナの好きな色にしてほしい」

「私の……？」

テオはにっこり笑うと頷いた。

「ああ。俺の大好きなセレナの、理想の結婚式にしたいんだ」

「あ、ありがとうございます……」

どこまでもセレナを大切にしてくれる。その優しさが嬉しくて思わず顔が赤くなってしまう。

そんなセレナを愛おしそうに見つめながら、テオは言った。

「だから、俺のために考えてくれないか？」

「……わかりました」

テオの真摯な眼差しと言葉に、セレナも頷く。

そしてよく考えてみた。

（結婚式に使いたい、私の好きな色……）

色見本帳を眺めながらしばし考え、ふと思いつく。これ以上のものはないだろう。

「それでしたら……赤と白銀を基調にして頂くことは可能でしょうか？」

見本帳にある色から、『王宮魔法士テオ』の髪色に似た炎のような赤と、『第三王子テオバルト』の髪色に似た白銀を示す。

「セレナ……」

その二つを選んだ理由を感じ取ってくれたのだろうか？

テオが嬉しそうに微笑んだ。

「もちろんでございます。美しい組み合わせですね」

文官長が頷いた。

それからしばし、他の細々した部分や招待客に関する打ち合わせが行われ、気づけばあっという間に時間が過ぎていた。

「では、本日は以上でございます。また何かございましたらお申し付けください」

文官長が一礼して打ち合わせが終了となる。

「セレナ、また後で」

テオから名残惜しそうな声で言われると、すぐにまた会えるというのに、セレナも思わず後ろ髪を引かれてしまう。

しかし、テオはまだ他の仕事が残っているので、いつまでもここにいるわけにはいかない。

「はい、殿下」

セレナは笑顔で頷くと、ドラと共に本殿を退出した。

「お疲れ様でした」

ドラが労（ねぎら）ってくれるのに、セレナも笑って頷く。

「ありがとう。明日はまた、本の修復も再開できそうね」

衣装の仮縫いなど、他にもまだまだ細々とした用事は残っているけれど、とりあえず明日は何も予定が入っていない。

それにテオだけでなく彼の家族もまた、セレナが図書室に通って本の修復をするのを歓迎してくれた。

貴重な文献だけでなく、個人的に思い入れのあるもの……王妃が実家から持って来た古い手書きのレシピ集も修復したら、とても喜んでもらえたのだ。

また図書室に通えるかと思うと、ワクワクしながら館に戻ったが……。

「お帰りなさいませ。セレナ様。あの……」

館に入るやいな、出迎えたメイドが困惑顔でセレナを見た。

「何かあったの？」

「それが……以前にもいらしたリネット様がおいでになっているのです」

「リネットが？」

セレナは驚きと嬉しさ半分で、目を見開いた。

「はい。一時間ほど前にいらっしゃいました。セレナ様は講義の最中だとお伝えしたのですが、待つからと仰るので、応接間にお通ししまして……」

「ありがとう。すぐに行くわ」

セレナはお礼を言うと、急いで応接間に向かった。

リネットに会ったのは、王子妃の披露宴翌日に彼女がここを訪ねてくれて以来。一ヵ月と少しぶりだ。

「リネット！　久しぶりね」

部屋に入るなり声をかけると、リネットはパッと顔を輝かせた。

「セレナ！」

「待たせてごめんなさい。たった今、打ち合わせが終わったところなの」

セレナが弁解すると、リネットは快活に笑って首を振った。

「ううん。急に押しかけてしまったのは私だもの。でも、どうしてもセレナに会いたくて……」

そこまで言った所で、セレナは彼女の様子がおかしいことに気が付いた。

（なんだか元気がないみたい……）

心配になって見つめていると、やがてリネットが口を開いた。

「あのね、実は今日来たのは……お節介だと思われるだろうけれど、セレナに忠告しにきたのよ」

「私に？」

セレナは首を傾げた。

例の酷い噂は一応鎮火しているし、ここ最近は不快な目にも会っていないが、また何か不穏な噂でもでてきたのだろうか？

「ええ……。私、やっぱりセレナは王子妃になんてならない方が良いと思うの」

控えめな声量ながらきっぱりと言われ、思わずセレナは目を丸くした。

「勿論、婚約披露もしてしまったことだし難しいとは思うわ。でも、テオバルト様や国王陛下にお願いして……」

「ちょ、ちょっと待って、リネット。その件なら大丈夫よ」

セレナはリネットの言葉を遮ると、彼女を宥めるように言った。

因みに、セレナを中傷する例の噂は、この一ヵ月でパタリと耳に入らなくなった。

テオから聞くところによれば、あの噂には彼の兄たちと両親。つまり国王一家も憤慨していたようだ。

『セレナ嬢の急な婚約破棄については、ダンケル伯爵がきちんと理由を公言している。それなのに彼女を貶めるばかりか、テオバルトが一人の女性に対して不誠実な求婚をしたと言うのか?』と、国王一家から怒りの声明が出たし、テオバルト自身も噂をきっぱり否定したことで、噂は一気に鎮火したようだ。

例の二人組の令嬢も城で見かけなくなり、おかげでセレナは心穏やかに過ごしている。

「先日に聞いた噂話は、テオバルト様がちゃんと公に否定してくださったわ。それに、国王陛下も……だからもう大丈夫よ」

「でも先日、セレナはとても元気がなさそうだったわ。それにこう言ってはなんだけれど、貴女は昔からお人好しすぎる所があるもの。王子妃なんて大役は荷が重すぎるのではないかしら」

リネットは食い下がるようにそう言った。

「うーん……確かに、私に王子妃は大役すぎると思うけれど……」

「じゃあ！」

期待するように目を輝かせるリネットの手を、セレナはそっと握った。

「リネット。心配してくれてありがとう。でも私は、どれだけ大変でもテオバルト様が望んでくれるなら添い遂げたいと思っているの」

先日に湖畔の街で彼と交わした会話が、胸の中に蘇る。

テオだけに苦労をさせて、ただ何もせず守ってほしいわけではない。

セレナも彼を愛しているから、この先に苦労があろうと一緒にいたいのだ。

「それに私も、テオバルト様を心から愛している。だから自分から婚約破棄を願うことはないわ」

「セレナ……」

リネットは手を離し、俯いて黙り込んでしまう。

シンとした沈黙が部屋に満ちた。

（う……気まずいわ……）

セレナを心配してくれるリネットの気持ちは有難いが、やはり何と言われようと、テオから離れるなんてできっこない。

　彼女をどう説得したものかとセレナが悩んでいると、やがてリネットが顔を上げた。

「リネット……」

「セレナの覚悟はよく解ったわ。そこまで言うのなら私は貴女を応援する」

　彼女はそう言い、ニコリと笑う。

「ありがとう。嬉しいわ」

　ホッとしてセレナが礼を言うと、リネットは笑顔で頷いた。

「ところで、来週あたりに少し私と二人きりでお出かけしてくれないかしら？」

「来週に？」

「ええ。伯父様……セレナのお父様のお誕生日が近いでしょう？　プレゼントをまだ選べてないから、付き合ってほしいのよ。だって、今年はセレナの結婚が決まったのだから、特別なプレゼントにしたくて」

「まあ、素敵！　もちろん付き合うわ」

　セレナは喜んで頷いた。

　セレナの方は既に、父への誕生日プレゼントを用意しているので、買い物の必要はない。

　けれど、父を祝おうとしてくれるリネットの気持ちは嬉しいし、彼女とお出かけするのも久しぶりだ。

それに、安全面から城外へ一人で出かけるのは避けてほしいとは言われているものの、テオはセレナを籠の鳥にするつもりもないらしい。

信用のできる人と一緒で、事前に彼に報告さえしていれば、お忍びででかけるのにも協力すると言ってくれた。

そして、思わぬ外出の誘いにセレナが歓喜したのはもう一つ理由がある。

「私もちょうど、テオバルト様へ何か贈り物を買いたいと思っていたの」

「殿下に？」

リネットがやや怪訝(けげん)そうな顔になった。

「変……かしら？」

不安になって尋ねると、リネットが首を傾げる。

「だって、テオバルト殿下なら何でも一流のものが好きなだけ手に入るでしょう？　市井でセレナが買ったものなんか喜ぶのかしらと思って……」

「う……」

そう言われてみると、リネットの言い分はもっとものような気もする。

だが、落ち込んでしまったセレナを励ますように、リネットは肩をそっと叩(たた)いた。

「ごめんなさい。そんなに落ち込ませるつもりはなかったのよ。……うん、セレナが選んだものなら、そう大したものではなくても、テオバルト殿下は喜んでくださるのではないかしら？」

「ほ、本当に……？」

「こういうのは気持ちが大事だというもの。次の日曜日はどうかしら？」

そう言われ、セレナは頭の中で素早く予定を確認した。

礼儀作法の授業は今日で終わったし、次の日曜日には特に予定も入っていない。

「ええ、その日ならきっと大丈夫よ」

セレナが頷くと、リネットはパッと顔を輝かせた。

「良かった！　九時に王宮に迎えに来るから、お忍びで出かけられるように準備をしておいてね」

それだけ言うと、彼女は立ち上がる。

「もう帰ってしまうの？」

思わず、セレナは残念そうな声をあげてしまった。

テーブルには、彼女が待っていた間に飲んだであろうお茶のセットがあったが、やっと会えたのだしもう少しゆっくりしていくと思ったのだ。

するど、リネットは少し困ったように笑う。

「ごめんなさいね。実はこの後に約束があるのよ。じゃあ、また日曜日にね」

そう言いながら彼女は部屋を出て行ってしまった。

急な訪問だったとはいえ、彼女はそれなりに長くセレナを待っていたようだし、予定があるのなら仕方がない。

（リネットだって忙しい中に尋ねてくれたのでしょうし……）

恐らくリネットも時間に余裕をもってセレナを訪ねてくれたのだろうが、タイミングが悪かった。

少々落胆したが、セレナは気を取り直し、侍女にお茶の用意をお願いすると、自分の図書室に向かう。

セイヤル湖畔でテオに自分の不安を打ち明けたうえで、改めて求婚してもらったおかげか、セレナはここ最近とても穏やかな気持ちで過ごせている。

王子妃として相応しいかどうか悩むことはまだまだあるだろうし、やはり不安が完全に消えたわけではない。

だが、テオの愛情を疑う気持ちはもう欠片もなかった。

（来週が待ち遠しいわ）

晴れ晴れとした気分でそう思いながら、セレナは自分の図書室で本を読み始めたのだった。

「――週末に外出？」

その晩、遅い時間に戻ってきたテオに、セレナはリネットから買い物に誘われたことを話した。

今日は会議が長引いたとかで、彼と夕食を共にすることは出来なかったが、湯浴みをして二人で寝室に入ってゆっくり話をする時間はあった。

広い寝台に並んで腰を下ろし、彼に今日あったことを話す。

「ええ。私の従妹のリネットと。先日の婚約発表のパーティーで会ったでしょう？」

「ああ、あの子か」

「彼女が、私の父への誕生日プレゼント選びに付き合ってほしいと言うの」

「なるほど。セレナは王子妃教育も頑張ってくれているし、たまには気晴らしに出かけるのも良いんじゃないか？」

テオは頷くと立ち上がり、セレナの私室とは反対の、自分の部屋に戻って行く。

「……？」

不思議に思ったが、すぐにテオは戻ってきた。

そして、手に持っていた小さな箱をセレナに差し出す。

「これは?」

受け取りながらセレナが問うと、テオは小さく笑った。

「開けてくれ」

言われるままリボンを解いて箱を開け、セレナはハッと息を呑んだ。

箱の中に入っていたのは、繊細な細工が施されたブローチだった。テオの瞳と同じ紫色の宝石がついたもので、一目でかなりの高級品だと分かるものだ。

しかし、決して派手過ぎはしないので、服との組み合わせ次第では普段使いにもできそうな逸品である。

「テオ……これは……」

「セレナに贈りたくて前から特注していたのだが、やっと今日出来上がったんだ」

「あ、ありがとう。でも……あの、今日は何かの記念日だったのかしら?」

セレナは困惑して、テオを見上げた。

彼は殆ど毎日のように、花やお菓子というちょっとした嬉しい贈り物をくれる。

けれど、このブローチはそういうレベルではないと思う。

「いいや。特に何もないが?」

彼はしれっと答えた。

「でも……こんな高価そうなもの……」

「気にするな」

箱からブローチを取り出して呆然としているセレナの手を取ると、テオはそこに口付けを落とした。

「セレナと離れている時間が寂しくてたまらない。俺も買い物に同行したいが難しいからな。せめて、俺の身代わりだと思って、そのブローチは肌身離さずつけていてくれないか?」

「それなら……ありがとう。嬉しいわ」

テオの申し出に、セレナは顔を綻ばせる。

そしてブローチをそっと撫でた。

このブローチの贈り物がとても嬉しいのは、決して高価そうだからという訳ではない。テオが自分の瞳の色と同じ色の宝石を選んでくれたことが重要なのだ。

この国では昔から、自分の瞳と同じ色のアクセサリーを恋人に贈ることが、大きな愛情表現とされている。

――『自分の瞳にはあなたしか映らない』

そんな意味合いを籠めた贈り物というわけだ。

「喜んでもらえてよかったよ」

テオは微笑むと、寝台に横になる。

そしてセレナの手からブローチをとって寝台脇の机に置き、背中に手を回して抱き寄せた。

そっと唇が重なる。

「ん……」

一度唇が離れたかと思うと、今度は深く口付けられる。

テオの舌に唇を割り開かれて、セレナはそっと目を瞑った。

そのまま体重をかけられて押し倒される。

（あ……）

長い口付けの後、優しく頬や瞼にも彼の唇が触れる。まるで存在を確かめるように何度もそうされてくすぐったい。

思わず笑みを漏らすと、テオも笑った。

「困ったものだ。セレナを手に入れたら、愛しすぎて片時も離したくなくなる……」

テオは熱のこもった声でそう囁くと、再びセレナに口付ける。そして首筋に顔を埋めたかと思うと、そこで強く吸い上げて痕を残した。

「ん……っ」

思わず小さく声を上げると、テオが顔を上げる。その目は情欲に濡れていた。

（あ……）

もう何度も身体を重ねているのに、この目に見つめられるとドキドキして、身体の芯がどうしようもなく熱くなる。

セレナはそっとテオの頬に手を添えた。

「……テオ、愛してるわ」

「俺もだ」

テオが優しく微笑む。

そして再び唇が重なった。

「ん……」

角度を変えて何度も口付けられて、だんだん何も考えられなくなる。

寝衣の上から優しく揉まれる度に甘い痺れが身体に広がる。そのままボタンを外されて、直に胸を愛撫される頃にはもう息も絶え絶えだった。

「あ……んっ」

胸の頂を摘まれながら舌で舐められて思わず声が零れた。その反応を楽しむかのように、テオは執拗に胸ばかりを責め立てる。

ぷくりと立ちあがった胸の頂きを唇で食み、円を描くように熱い舌で舐め回されるとたまらなかった。

「あっ！　だめっ……あぁっ……っ」

ビクビクとセレナは身体をくねらせ、爪先で敷布を何度も蹴る。

胸への刺激に散々喘がされ、やがて彼の右手が下腹部に伸ばされる頃には、セレナは既にぐったりとしていた。

「大丈夫か？」

テオが気遣わしげな目で見つめてくる。しかし、その瞳の奥には獰猛な光が宿っていた。

それにゾクゾクしながらセレナは微笑む。

「ええ……」

テオはそっと彼女の足の間に手を滑らせる。そして下着の上から優しくなぞったかと思うと、そのまま指を差し入れた。

既にそこは潤っていて、彼の長い指が中に入った瞬間、くちゅりと水音が響く。

「あ……」

思わず羞恥で顔を背けると、テオは楽しそうに笑った。

「セレナはいつも可愛いな」

彼はそう言ってセレナの耳を舐めると、指を動かし始める。

最初はゆっくりとした動きだったが、徐々に早くなり、やがて激しく抜き差しを繰り返されて、セレナはただ喘ぐしかなかった。

グチュグチュと湿った音を立ててテオの指が動き、ある一点を強く押された瞬間、目の前が真っ白になった。

「あっ……ああっ！」

ビクビクと痙攣するように身体を震わせると、テオが満足げに笑う気配がする。

「もう達してしまったのか？　まだこれからだぞ」

テオはそう言うと、寝衣を脱ぎ捨てた。そしてセレナの両足を抱え上げるようにして割り開く。

「あ……」

秘所をまじまじと見つめられ、羞恥で顔が赤くなる。

しかしテオはそれに構わず、じっくり観察するように見つめた後、ゆっくりと顔を近づけた。

「や……っ」

慌てて足を閉じようとしたが遅かった。テオはセレナの足の間に顔を埋めると、舌で愛撫し始める。

「ひぁ……！」

生暖かい舌が敏感な芽を掠める度に、セレナの口から甘い声が上がる。

そのまま舐められ続けるうちに次第に身体の奥底から熱いものがこみ上げてきて、同時に再びあの感覚が襲ってくるのが分かった。

「あ……っ、やぁああ！」

再び目の前が真っ白になるのと同時に、秘所からぷしゃっと透明な液体が溢れ出る。

テオは構わず舌を使い続け、溢れ出た愛液を音を立てて啜る。

「あ……っ、だめ……」

セレナは必死にテオの頭を押して引き剥がそうとするがびくともしない。むしろ彼は更に強く吸い付き始めた。

「やぁ……！　ああぁっ！」

強すぎる刺激に耐えきれず、再びセレナは達してしまう。

しかしそれでもまだテオの舌は止まらない。それどころかますます激しさを増していく動きに翻弄されて、セレナはもう何も考えられなくなった。

（気持ちいい……）

もう何も考えられないくらい頭が真っ白になって、ただ快楽だけが全身を支配する。

やがてテオが口元を手の甲で拭い、身体を起こした。

彼は自らの剛直を取り出しセレナの秘所に宛がう。そして一気に貫いた。

「あぁぁあっ！」

いつもより大きい気がする。

あまりの質量と圧迫感にセレナは目を見開いた。

しかしそれも一瞬のことで、すぐに激しい律動が始まる。

パン、パンッという肌を打つ音と粘ついた水音が入り混じり、結合部からは泡立った蜜が流れ出す。

「ああ……っ、やぁ……」

何度も最奥を突かれて、セレナの喉からひっきりなしに甘い鳴き声が零れる。

「愛してる……」

耳元で囁かれる度に、ゾクリと背筋が震えた。

どうしようもなく愛しさがこみ上げ、セレナはぎゅっとテオにしがみついた。

「私も……っ、愛してる……！」

その言葉と同時に最奥を強く突かれた瞬間、目の前が真っ白になるのと同時に子宮口に熱いものが放たれたのが分かった。

「あ……っ」

どくんどくんと脈打ちながら注がれる熱に、セレナも再び絶頂を迎える。

しばらくお互いそのまま抱き合っていたが、やがてゆっくりとテオのものが引き抜かれた。

その感覚に小さく身を震わせる。

テオはセレナの額に軽く口付けると、隣に寝転がった。

そして優しく髪を撫でてくれる。

「大丈夫か？」

「ええ……」

セレナが微笑むと、彼も微笑み返してくれた。

そのまましばらく見つめ合っていたのだが、やがてどちらからともなく唇を重ねる。

何度も角度を変えながらお互いの唇を貪りあっているうちに、また身体が熱を持ち始めていく。

「ん……」

再びテオの手が胸に伸びてきた。

膨らみをやわやわと揉まれ、固く尖って充血した先端を指先で摘まれ転がされると、甘い吐息が漏れた。

そのまま首筋や鎖骨にも口付けを落とされると、セレナの身体の奥が再び強烈に疼き始める。

その変化を感じ取ったのか、テオは愛撫を続けながら胸元に顔を寄せたかと思うと胸の先に吸い付いた。

「やぁ……！」

ちゅっと音を立てて吸われる度にビクビクと身体が跳ね上がる。もう片方の胸も手で弄られ続けていてたまらない。

「んっ……」

やがてテオの手は下腹部へと下りていき、再びセレナの秘所へと伸ばされる。愛液とテオの吐き出したものでドロドロになっていたそこは、ジュプリと彼の指を受け入れた。

「あ……っ」

「まだ足りないみたいだな」

中に出されたものを掻きだすように、長い指がセレナの内壁を擦っていく。

「やぁ……っ！」

敏感になった部分を容赦なく責め立てられてセレナは身悶えるが、テオは手を止めてくれない。むしろますます激しくなるばかりだ。

「やぁ……っ、もうだめぇ……！」

再びセレナは絶頂を迎えた。しかしそれでもテオの動きは止まらない。

今度はうつ伏せにされてお尻を持ち上げられた状態で後ろから挿入された。

「ああっ！」

先ほどとは違う角度から奥深くまで貫かれ、それだけでセレナは再び達してしまう。

しかし、そのまま休むことなく激しい抽送が始まった。

「あ……っ！　ああんっ！」

何度も何度も絶頂を迎え、セレナは意識を失いかけるがテオはそれを許さない。

「まだだ……もっと俺を感じてくれ」

耳元で囁かれる声すらも快感に変わる。

「ああ……っ！」

もう何度達したか分からない。セレナは涙を流しながらただ喘ぐことしかできなかった。

そして何度目か分からない絶頂を迎えた後、ようやくテオの動きが止まり、熱い飛沫が注ぎ込まれる。

「愛してる」

最後にテオのその言葉を耳元で聞いたような気がして、セレナは幸せのまま意識を失ったのだった。

瞬く間に、リネットと約束した日曜日がやってきた。

セレナは湖畔の街を旅行した時のような、目立たないワンピースと帽子を被って、城の裏口でこっそり彼女と待ち合わせた。

「ごめんなさい、待たせてしまった？」

既にリネットは待ち合わせ場所に立っていて、セレナに気がつくと手を振ってくれた。

「いいえ、私も今来たところだから」

そう答えたリネットも、今日は貴族令嬢らしいドレスではなく裕福な市井の娘といった服装だ。

しかし、どんな服装でもやはりリネットの華やかな美貌は隠せない。

それに彼女は、服に合ったネックレスや腕輪を幾つか身に着けており、そのセンスもまた抜群に良かった。

セレナも先日、テオにもらったブローチを一つだけ首元につけてお洒落をしている。

「あら？　そのブローチ……もしかしてテオバルト殿下からの贈り物？」

彼の瞳の色と同じ石を見て、リネットはピンときたらしい。

「ええ、そうなの」

若干の気恥ずかしさを覚えながら、セレナは頷いた。

高価な品とはいえ、ブローチ自体は控えめなデザインなので、今着ている焦げ茶色の落ち着いたワンピースにもしっくり馴染んで良いアクセントになる。

「テオバルト殿下は趣味が良いのね。そのブローチ、落ち着いたデザインでセレナにピッタリだわ」

リネットは言うと、さっと踵を返して街の方を指した。

「さぁ、行きましょう！　セレナとお出かけなんて本当に久しぶりだから、ワクワクしちゃう！」

「そうね。私も楽しみでたまらなかったの」

王宮司書になってからは、休日にも何かと忙しく過ごしていたので、リネットとは社交場で顔を合わせるくらいだった。

二人きりで買い物など、最後にしたのは二年以上も前のことだ。

浮き立つ心のまま、セレナは素直に答え、リネットに歩調を合わせて歩き出した。

城の裏門から少し進むと、そこはもう賑やかな市場の端だ。

公式な外出なら、城の馬車を使って表門から市街地に行けるが、本日はお忍びなのだ。極力目立たないよう、徒歩で市場を突っ切って商店街へ行くルートを選んでいる。

まだ午前の早い時間なので、市場は仕入れや卸の業者で賑わっていた。

「……いやだわ、臭い。これなら遠回りしてでも、商店街まで辻馬車を拾えば良かったわ」

魚を山積みにした荷車を横目に睨み、リネットがハンカチで鼻を覆った。

「ま、まぁ……市場のおかげで私たちは毎日美味しいものが食べられるのだから」

リネットの声が聞こえたのか、魚屋の女将さんが腰に手をあててこちらをジロリと睨んだ。

セレナは慌ててペコリと頭を下げる。

「セレナはこの臭いが気にならないのかもしれないけれど、私は無理。早く行きましょう」

フンと鼻を鳴らしてリネットは足早にツカツカと歩いていく。

「リネット……」

慌ててセレナは彼女を追いかける。

肉屋に八百屋、乳製品を取り扱う店と、様々な店の前を通り抜け、ほどなくして小洒落た街並みの商店街に辿り着いた。

ルクセン王都の治安はかなり良く、よほど奥まった小路にでも行かない限り、貴族でも安心して出歩ける。

（今日は私も、テオに素敵な贈り物を見つけられると良いのだけれど……）

立ち並ぶ店を眺め、セレナは期待に胸をときめかせつつ、そっとブローチに触れる。

本日の目的はもちろん、リネットの買い物に付き合うこと。

しかし、彼女の買いたいものは、セレナの父への誕生日プレゼントだ。

紳士用の贈り物を扱う店に行くのなら、そこでテオへの良い贈り物を見つけられるかもしれない。

いつも与えてくれてばかりの彼に、たまにはセレナからちょっとしたお返しができたら……。

リネットから先日に言われてしまったように、テオバルトなら何でも一級品のものが手に入るだろう。

でも、その後でリネットがフォローしてくれたように、こういうのは気持ちも大事だと思う。

邪魔にならないような小物くらいなら、快く受け取ってくれるかもしれない。

そう考えて、司書として勤めていた時の給金も持って来たのだ。

つまらない意地かもしれないけれど、テオへの贈り物は自分で稼いだお金で買いたかった。

「先ずは、あそこの店を見たいわ」

リネットが指さしたのは、財布やバッグ、革靴などの革製品を扱う店だ。

それなりに有名なブランド店で、セレナも過去に何度かあの店で、父や兄へのプレゼントを買った。

「ええ、行きましょう」

セレナは頷き、二人して店の中へ入っていった。

木目調の柱が美しいシックな店内は、半分が男性用の品。もう半分が女性用の品を売るスペースにわけられている。

皮革の独特な匂いが鼻を微かにつくが、きちんと加工されているからかそれほど気にならない。

店はちょうど開いたばかりの時間で、店内にはお仕着せを着こんだ男性店員が二人いるのみだ。

「これはリネット様。いらっしゃいませ。本日はどのようなものをお求めでしょうか？」

リネットの顔を覚えていた店員から愛想よく尋ねられ、彼女が満足げに微笑む。

「父親世代の男性に贈るものを見に来たの。何か手頃なものがあるかしら？」

「それでしたら、あちらの……」

リネットが案内をされ始め、もう一人の店員がセレナに近づいてきた。彼もまた何度か接客したセレナを覚えていたらしく、柔らかな微笑と共に声をかけられる。

「お久しぶりでございます。セレナ様は、何かご入り用でしょうか？」

「私は……あら？」

ふと、店の一画に新しく出来ていたコーナーが目に入り、セレナは声を上げた。

そこにはタイピンやカフスボタンなどの貴金属類がショーケースの中に美しく鎮座している。

最後にこの店に来た時には、このような品を扱っている様子はなかったのだが……。

「そちらは最近、取り扱いを始めた品々です。当店で靴やバッグに合わせながら装飾品を購入したいというお客様方からのご要望に応えまして」

ジッとショーケースを眺めているセレナに、店員が丁寧に説明する。

「どれも素敵ですね」

セレナが心からの賛辞を送ると、店員は優雅に微笑んだ。

「ありがとうございます。これらは当ブランドのオーナー自ら厳選した一点ものばかりでして、なかなかご好評を頂いておりますよ」

「そうだったのですか」

セレナは改めてショーケースの中の品々を見る。

どれも品のあるデザインの中にもさりげなく個性を主張している。それなりに値は張るが、その価値は十分にあると見えた。

（このカフスボタン……）

セレナは一つのカフスボタンに目を奪われる。

それは茶色味の濃い琥珀（こはく）が嵌（は）め込まれており、銀細工の台座と相まって美しい。

自惚れかもしれないが、テオの本当の髪色である銀色と、セレナの目と髪の茶色が美しく合わさったような……そんな逸品だった。

「なんだか地味なカフスボタンね。まさかそれを気に入ったの？」

不意に背後からリネットの声がした。振り向けば彼女が、セレナの背後にいて、ショーケースを眺めている。

「ええ。私はなかなか良いと思うのだけれど……」

控えめにセレナが自分の意見を口にすると、リネットが「ふぅん」と肩を竦めた。

「セレナが気に入ったのなら良いのではないかしら」

「……」

セレナはチラリとカフスボタンに目を走らせる。

リネットに悪気はないのだろうが、あそこまでキッパリ貶されてしまうと、何だか他人への贈り物に選ぶのは気がひけてしまう。

（でも……）

ショーケースをグルリと眺めても、一目で惹かれたこのカフスボタン以上に目に留まるものは、他にはない。

「……このカフスボタンを、テオバルト様に贈ろうと思って」

そう告げると、リネットは驚いたように軽く目を見開いた。だが、すぐに彼女はニコリと微笑んで頷く。

「セレナが選んだのならきっと、どんなものでも喜んでくれるわよ」

励ますように、ポンポンと腕を叩かれた。

「そ、そうかしら……そうだと嬉しいわ」

このカフスボタンはデザインと色味こそとても気に入ったが、非常に高価な品という程でもない。

本当に気に入ってもらえるかと、チラリと不安が胸をよぎる。

だが、この贈り物は何かの記念日という訳でもないのだ。所詮はただの自己満足。テオに少しでも気に入ってもらえたのなら儲けものだと、己を納得させた。

そう考えると、すっきりと気が楽になり、セレナはケース内のカフスボタンを指す。

「こちらを贈り物用に包んで頂けるかしら？」

「畏まりました。すぐにお包み致しますので、少々お待ちください」

店員が一礼し、カフスボタンをショーケースから取り出すと、店の一画にある長椅子を示した。

リネットはどうやら気に入った品がなかったようで、セレナの隣に腰を下ろして手持無沙汰気味に店内を眺めている。

ほどなくして、綺麗に包装されたカフスボタンが店員の手で恭しく差し出された。

「お買い上げ、ありがとうございます」

代金と引き換えにカフスボタンを受け取り、セレナはリネットと店を出た。

カフスボタンの納められた小箱入りの紙袋を胸に抱くと、興奮と不安に胸がドキドキする。

考えてみれば、これはテオへの初めての贈り物だ。

（少しは気に入ってくれるかしら？）

これをテオに渡す時の想像に、すっかり浸っていると……。

「……ちょっと、セレナってば！　聞いているの？」

不意にリネットに肩を叩かれ、ハッと我に返った。

「ご、ごめんなさい。考え事をしていて……」

「もう、しっかりしてよね」

リネットが腕を組んで溜息を吐く。

そして声を潜めてセレナに囁いた。

「さっきのお店の店員から聞いたのだけれど、ダンケル伯爵の芳しくない噂が広まっているらしいわ」

「おじさまの!?」

思わず大声をあげてしまい、リネットに「しぃっ」と指を口に当てて窘められた。

慌ててセレナは口を押えて頷く。

「ほら、あのお店は貴族の男性が多く通うでしょう?　だから店員も情報通なのよ」

「それで……おじさまの、どんな噂なの?」

リネットに顔を寄せて続きを促せば、彼女は悲しそうに眉を下げた。

「セレナには言いにくいけれど、あの婚約破棄の後にデミトリーを廃嫡したせいで、ダンケル伯爵は血も涙もない冷酷な人だと噂されているそうよ」

「そんな……」

セレナは絶句する。

ダンケル伯爵の人となりを知っているだけに、とても信じられない話だった。

「デミトリーを廃嫡したのは、おじさまなりに苦渋の決断だったはずだわ。それをよく知りもせず、冷酷だなんて……」

「セレナがダンケル伯爵を慕っていたのはよく知っているわ。でも、噂なんて勝手なものよ」

リネットが肩を竦めた。

「それにほら、貴女の元婚約者は社交界での評判が良かったじゃない?　それを急に問答無用で追い出したのだもの。だから『浮気は誤解だったかもしれないのに、ダンケル伯爵は息子の言い分も聞かないで、そのまま勘当した冷酷で短絡的な男』と言われているらしいわ」

「……」

あまりの衝撃に、セレナは何も言えなかった。

確かにダンケル伯爵は息子を勘当したけれど、それは不義理をした息子に対するけじめだ。

もしもデミトリーが本当にセレナと結婚する気がなく、別の女性を心から愛したと素直に申し出ていれば、きっと未来は違っていた。

ダンケル伯爵は、セレナや父に頭を下げてでも婚約の取り消しを申し出て、息子の恋を尊重しただろう。セレナも父も、それならきっと怒らずに彼を祝福していた。

だがデミトリーのやったことは最悪そのものだった。

彼は、あくまでもセレナを形だけの妻として欲し、面倒なことだけを押し付けて、自分は愛人と楽をして暮らそうと画策したのだ。

これらのことはリネットには直に話しているし、ダンケル伯爵が婚約破棄の原因を公表したことで、周囲にも伝わっていると思っていた。

それがまさか、デミトリーと婚約破棄をしたセレナに対する非難が弱まったのに、今度はダンケル伯爵が誤解されているなんて。

「セレナは浮気をされた一番の被害者だけれど、ダンケル伯爵もお気の毒よね……デミトリーはあの後、どこにいるのかも解らないそうよ」

リネットが痛まし気に目を伏せる。

「そう……」

セレナはやっとそれだけ答えた。

喉に重いものがつっかえているような感じがして、息が苦しい。

無責任な噂の出どころにも怒りが湧くけれど、先ほどの店の店員にも幻滅した。

セレナが買い物中、ちょうど良い品を見つけられなかったリネットと軽い気持ちでお喋りをしたのかもしれないが、こんな人を貶めるような噂を平気で話すなんて。

ダンケル伯爵も、あの店の常連だったのを知っているから、顧客の悪口を平気で言うような店だったのかと、余計に落胆した気分だ。

「セレナ、顔色がよくないけれど大丈夫？」

リネットが心配そうに顔を覗き込んできた。

「え、ええ……おじさまは何も悪くないのにそんな噂が流れているなんて思わなかったから……やっぱりショックで……」

「そうね、ごめんなさい。私ったら不用意に噂話をしてしまって……」

リネットは申し訳なさそうに肩を竦めた。

「リネットが謝ることではないわ。後で他から耳に入るよりも良かったかもしれないもの」

ぎこちなくなってしまったがセレナが微笑むと、リネットがホッとしたように笑った。

「噂なんてそう長続きしないもの。ダンケル伯爵は元々人望のある方だし、このまま何もなければ、きっとすぐに静まると思うわ」

「ええ。そうよね」

気を取り直し、セレナは微笑んで同意した。

まだ気持ちは重かったが、ダンケル伯爵の人望が厚いのは確かだし、本当に尊敬できる素晴らしい人だ。

彼の人柄をよく知る人なら、きっとこの無責任な噂には耳を貸さないだろうし、社交界での陰口も一時的なものだろう。

「少し早いけれど、お昼も兼ねて一休みしない？　美味しいものでも食べれば元気がでるわよ」

リネットの提案に、セレナは頷いた。

「いい考えね」

「最近、開店したばかりの可愛いカフェがあるのよ。まだこの時間ならそう混んではいないと思うから、行きましょう！」

リネットが嬉しそうにセレナの手をとり、通りの一画に引っ張っていく。

彼女に連れて来られた新オープンのカフェは、ちょうど開店時間の直後で、思った通りに空いていた。

「いらっしゃいませ。こちらの席にどうぞ」

感じの良い女給に見晴らしの良い席を案内してもらい、セレナ達は座り心地の良い椅子に腰を下ろす。

リネットが行きたがるだけあって、カフェは外観も内装も可愛らしく洗練されていた。

「私はこのお勧めリゾットにするわ。セレナは何にする？」

リネットが木の板に書かれた手書きのメニューを指差した。

「どれも美味しそうね……迷うわ」

セレナは眉根を寄せてメニューを覗き込む。

メニュー表には、一品料理やサラダ等の軽食から肉料理まで種類が豊富に取り揃えられているようだ。

リゾットも色々なキノコのクリームソースやチーズ入りのトマトリゾット等、目移りする品ばかりだ。

こんな可愛いカフェに来ると、先日の旅行で訪れた絵本モチーフのカフェを思い出し、懐かしい気分になる。

（……そのうちに、このカフェもテオと一緒に来たいわ）

多忙な彼にあまり無理をさせたくないが、彼も旅行ではカフェを楽しんでいたようだし、もしできることならば一緒にお忍びの外食を楽しみたい。

つい、またそんな妄想に浸りそうになってしまい、セレナはハッと我に返る。

「え〜と、私は季節野菜のパスタにするわ」

「決まりね」

リネットが席の呼び鈴を鳴らして女給を呼び、注文を告げた。

やがて見た目も可愛らしい美味しそうな料理も運ばれてきて、二人は他愛（たあい）ないおしゃべりを楽しみながらそれらを味わった。

「……リネット、どうしたの？」

お喋りと食事を楽しみながらも、リネットがやけにチラチラと窓の外を気にしているように思えたので、ふとセレナは気になって尋ねた。

「いえ、何でもないわ。この所、少し忙しくしていたから、こうして街でゆっくりするのも久々だと思って」

屈託のない笑顔でリネットが答える。

「そうだったの。忙しい中に、お父様のために時間をとってくれてありがとう」

感激し、セレナは心から感謝を述べた。

リネットは特に勤めなどはしていないが、社交的な彼女は昔からあちこちのお茶会で引っ張りだこだし、ここ数年は特に婚活にも励んでいる。

そんな忙しい中、わざわざ王宮にセレナを訪ねてきてくれたり、セレナの父へ贈る誕生日プレゼントを探したりしてくれているのだ。

「何を水臭いことを言っているのよ。私とセレナの仲じゃない」

「リネット、本当に嬉しいわ」

嬉しさのあまり、思わず涙ぐんでしまった。

「もう、大袈裟ね」

リネットがクスクスと笑う。

雰囲気の良い店で、気心の置けない相手との食事は最高だ。

それに、ここは評判のカフェということもあって味は食べる前から期待していたのだが、その期待を悠々と超えてくる美味しさ。

そのうちに絶対、テオと一緒にまたここに来ようと、改めてセレナは心に誓った。

素晴らしい食事を心行くまで堪能し、食後のコーヒーを飲み干してカフェを出る。

「さぁ、休憩もとったことだし。今度こそセレナのお父様への誕生日プレゼントを探すわよ」

リネットが張り切って宣言する。

「そうしましょう」

セレナも笑顔で頷いた。

「少し大通りから離れた所に、なかなか良い骨董品屋さんができたと聞いたのよ。セレナのお父様は確か、骨董品がお好きよね？」

リネットがワクワクした顔で尋ねてくる。

「ええ。味があると言って、お父様は暇さえあれば骨董品店を巡っているもの。でも、新しいお店ができたとは知らなかったわ」

セレナの父は、骨董品のちょっとした収集家だ。

娘の修復魔法を否定する気はないが、歳月を経たからこそ出来上がる味もあるのだと言い、古びた小物を時おり嬉しそうに買って来る。

また、あの骨董品店は食器類の取り扱いが良いとか、家具を見るのならあそこの店に限るとか、そういう話をよくセレナにも聞かせてくれた。

「ごく最近に開かれた小さな店だもの。セレナのお父様が知っているかは解らないけれど、貴女と今は一緒に暮らしていないのだから、知っていても教えられなかったのではない？」

小首をかしげて言ったリネットに、なるほどとセレナも頷く。

王宮に住み始めてから、早数か月。

その間、父や兄とは小まめに手紙のやりとりをしていたし、幾度か会って話す機会もあったけれど、新しい骨董品店ができたとか、そんな雑談まですする余裕はなかった。

「では、そのお店に連れて行ってくれる？　興味があるわ」

「ええ！　こっちよ、セレナ」

リネットに手を引かれ、大通りから一本外れた道に入る。

ほんの少し道をそれただけなのに、周囲に人の気配は全くなくなり、立ち並ぶ建物も古くて荒廃しているものばかりになった。

この辺りは廃墟ばかりで、住んでいる者も殆どいないようだ。

崩れかかった空き家を、セレナは不安の目で見上げる。

綺麗で治安も良いはずの王都に、まだこんな場所があったのかと驚くし、本当にこんな所に新しいお店があるのか怪しく思う。

「リネット……本当にこっちなの？」

道を間違えているのではないかと、前を行くリネットを呼び止めた。

「もちろんよ！」

　だが、振り返った彼女の笑みに曇りはない。

「心配しないで、セレナ。ちょっと近道をしているだけで、もう少し先に……」

　リネットが張り切って歩いていると、不意に古びた建物の角からぬっと人影が現れた。

「セレナ……」

　しゃがれた声を発したその人物は、ボロボロの古びたマントを頭から被っていて、顔がよく見えない。

　しかし声の調子が多少違っても、その傲慢で見下した声音には嫌という程聞き覚えがあった。

「っ！」

　セレナが駆け寄るよりも早く、マントの男がリネットの手首を掴んで捻り上げる。

「きゃああ！」

「リネット！」

　悲痛な叫びをあげながら、リネットはあっという間に近くの廃墟に引き摺りこまれていく。

「セレナ、助けて！」

　必死の形相で伸ばされた彼女の手を、無我夢中でセレナは掴んだ。リネットもセレナの手を強く握りしめる。

行かれる。

「リネットを放して！　誰か！」

懸命に彼女の手を引っ張るが、リネットは男に引き摺られて、どんどん廃墟の奥へと連れて行かれる。

「セレナ……っ」

恐怖に震える彼女の声に、セレナも泣きそうになった。

だが、ここで自分が泣いてどうすると自分を叱咤し、離すまいと必死にリネットの手を引く。

リネットも必死なのだろう。もがきながら、痛いほどにセレナの手を握りしめて自分の方へと引っ張る。

そのため、セレナはバランスを崩して、廃墟の中へと倒れ込んでしまった。

「痛っ……」

埃っぽい床に倒れ込み、痛みに呻く。だがすぐに、セレナはハッと我に返って身を起こした。

「リネット！」

慌てて周囲を見回すと、後ろ手に押さえつけられ、男のナイフを首元にあてられて真っ青になっているリネットがいた。

そして、薄汚れたフードを取り払って顔を見せた男は……。

「よう、セレナ。久しぶりだな」

「デミトリー……？」

無精ひげを生やして頬はこけ、かつての貴公子ぶりが嘘のようにやつれたデミトリーが、歪な笑みを浮かべる。

そしてあっさりと彼はリネットの手を離すと、今度はセレナに近づいて素早くナイフをつきつけた。

「っ！」

間近でぎらつく銀色の刃に、セレナは息を呑む。

だが次の瞬間……。

「リネット……？」

解放されたリネットが、なぜか自分のハンカチを取り出すと、ニヤニヤ笑いながらそれでセレナの両手首を縛り始めたのだ。

「痛い目をみたくないのなら声を出さない方がいいわよ。ねぇ、デミトリー？」

「ああ。その生意気な目をくり抜かれたくなきゃ、大人しく静かにするんだな」

デミトリーがナイフをちらつかせて笑う。

「リネット、どうして……」

信じられない思いでセレナは呟く。

だがリネットはそれには答えず、ただ薄っすらと微笑んだ。

「セレナ……貴女って本当に馬鹿ね」

目を細めて、彼女はニヤニヤしながら言う。その目はどこか狂気じみていて、セレナの背筋に冷たいものが走った。

「私は何度も忠告してあげたのに、王子妃になるなんて分不相応なことを諦めなかった自分のせいよ」

リネットはそう言うと、テオにもらった例のブローチを睨みつける。

「こんなもの、貴女には相応しくないわ」

リネットが憎々しげに吐き捨て、ブローチをセレナの服からむしり取る。乱暴に針を外したせいで、ブチッと服の糸が切れる音がした。

「やめ……っ！」

思わず声をあげると、デミトリーに乱暴に突き飛ばされた。

両手を縛られたまま、セレナは無様に床に倒れ込む。

「いい気味」

それを見てせせら笑うリネットは、まるで悪魔にでも憑りつかれたように恐ろしい形相をしていた。

「リネット、お願いだからやめて！　一体どうしたの⁉」

セレナは床に倒れたまま、必死に声を張り上げる。

ほんのついさっきまで、いつもみたいに笑い合って楽しくやっていたのに、この豹変ぶりが現実のものと思えなかった。

「どうして私とデミトリーが手を組んでいるのか不思議？　簡単なことよ。私も彼も貴女の被害者というわけ」

「被害者……？」

「そうだ。メイドとの浮気なんてただの遊びだったのが、お前があんな盗み撮りをした映像を親父に送りつけたせいで、俺は勘当されたじゃないか！」

デミトリーが憎々し気に怒鳴る。

「あれは、私ではないわ！」

正確に言えば盗み撮りをしたのはテオだが、そもそも恥ずべき行為をしたデミトリーが全面的に悪い。

「黙れ！　とにかく、お前のせいで俺は輝かしい未来も住む家も奪われ、こんな苦境に追い込まれたんだ！」

唾を飛ばして、デミトリーは叫んだ。

「デミトリー、お願いだから静かにして。ここは人通りが殆どないとはいっても、万一があるでしょう」

リネットが顔を顰める。

「チッ……」

舌打ちをしたデミトリーだが、流石に大きな声を出し過ぎた自覚はあるのだろう。

渋々といった様子で黙った。

「じゃあ、セレナ。今度は私が貴女を恨む理由を話してあげる」

リネットが座り込み、セレナの前髪を乱暴に掴んで上向かせる。

「痛い……！」

悲鳴をあげてセレナが顔を顰めると、リネットは嬉しそうに微笑んだ。

「言っておくけれど、最初に私を裏切ったのは貴女の方でしょう？　忘れたとは言わせないわよ」

「裏切る……？」

「王宮司書になっても王族と交流なんてできないと言って、貴女は私にテオバルト殿下を紹介してくれなかったじゃない。そのくせ自分はちゃっかりと婚約までして」

「っ！」

ギラギラと敵意に燃えた目で睨みあげられ、セレナは言葉を失った。

「そ、それは……」

「自分の方が見劣りするから、私をテオバルト殿下に紹介せず、抜け駆けをしたのでしょう？　裏切者！」

リネットがセレナの頬を平手で打つ。

「うっ！」

一瞬の衝撃のあと、じんじんとした痛みがセレナの頬に広がっていく。

しかし、頬を殴られた衝撃よりも、信頼していたリネットがデミトリーと手を組んで、自分を陥れたという事実の方が遥かにセレナを打ちのめした。

そして、その理由が密かに自分の恐れていたものだったことも……。

婚約披露の宴で、リネットが腹をたてていなかった様子でホッとしたが、やはり彼女は『第三王子を紹介してほしい』という要望が叶えられなかったことでセレナを恨み、抜け駆けされたと怒っているのだ。

「リネット、私は貴女を裏切ってなんかいないわ。テオバルト殿下を紹介できなかったのは……」

言いかけて、セレナは言葉に詰まる。

セレナはあくまでも『王宮魔術師テオ』と親しく過ごしていただけで、まさか彼が『第三王子テオバルト』だなんて知らなかった。

そう答えてしまえば、彼の秘密を暴露することになってしまう。

「フン。今さら言い訳なんて聞きたくないわ」

リネットは冷たく切って捨てる。

そして、ふと思い出したようにクスクスと意地の悪そうな笑いを漏らした。

「だいたいセレナってば、本当に偽善者ぶるのが上手いわよね。テオバルト殿下と親しくしていることを隠したうえで、デミトリーと上手く婚約破棄ができて大喜びだったくせに」

「なっ……！」

「さっき、私が話したダンケル伯爵の悪い噂が立っているというのは嘘よ」

せせら笑うリネットの言葉に、セレナは耳を疑った。

「ど、どうしてそんな事を……」

「あれを聞いて、貴女がどんな反応をするか見たかったのよ。元婚約者の親の不幸を喜んだり、少しくらい悪女の尻尾を出すかと思っていたけれど、どこまでも良い子ちゃんのふりが上手いのだから腹が立つわ」

リネットがフンと鼻を鳴らした。

「セレナ。お前こそ、テオバルト殿下と浮気をしていたのに、俺だけを悪者に仕立ててハメやがったな！」

　デミトリーがまたもや血相を変えて怒鳴った。

「それは誤解よ！　デミトリーの浮気を調査したのは私ではないし、その時点ではまだテオバルト殿下とも関係は持っていなかったわ」

　必死で否定するも、二人はイラだたしげに舌打ちをするのみだ。

「はいはい、もう嘘はいいわ」

　呆れたように肩を竦めたリネットに、これ以上弁解しても無駄だと悟り、セレナは話題を変えた。

「……それで、私をどうするつもりなの？」

　ひたとリネットを見据える。

「私はリネットと出かける事をテオバルト様にもお話しているわ。このまま私が無事に戻らなければ、きっとテオバルト様が貴女の所業に気づく。そうすれば、貴女はただでは……」

「アハハ！　それくらい、ちゃんと考えているわよ」

　リネットが笑いだし、セレナから奪ったブローチを翳して見せた。

「それを……？」

ゾクリと嫌な予感がして問うと、リネットがニンマリ笑う。

「質屋に売るの。貴女が身に着けていた高価そうな品だったら何でもよかったのだけれど、殿下から直々の贈り物だなんて好都合だわ」

「なっ……!?」

「筋書きはこうよ。貴女は気丈に振る舞ってみせていたけれど、実は王子妃になる重圧に思い悩み、私にだけそれをよく相談していた。そして私と二人で買い物に出た際、立派な王子妃にならなくてはと励ました私に怒って、発作的に逃げ出すの」

クスクスとリネットが可笑しさを抑えきれないように笑い声を立てた。

「そのブローチや、貴女に奪われたと私が証言したアクセサリーが質屋に流れているのが発見されれば、誰だって貴女が逃走資金にして逃げ出したと思うでしょうね」

「そ、そんなの……上手く行くわけ……」

「上手く行かせて見せるわ。そのために、吐き気を我慢して王宮に幸せ面のアンタを何度も訪ねて、親密な仲だと周囲に見せつけたんだもの」

自信満々にリネットが胸を張る。

同時に、デミトリーが嫌な笑い声を立てた。

「お前は薬漬けにして、最下層の娼館にでも売り飛ばしてやるよ。一度堕ちたら、まず発見されないようなヤバいところだ」

「っ！」

自分の顔から見る見るうちに血の気が引いていくのをセレナは感じた。

「腐っても貴族令嬢で、王子の婚約者にまでいった女だ。それなりに金になる。俺はその金とリネットからの謝礼金で、外国の爵位を買って一からやり直すのさ」

デミトリーの下卑た笑いに、怒りと恐怖で吐き気がしてきた。

「じゃあ、デミトリー。私は変装してこのブローチを質屋に持っていくから、セレナの始末は頼んだわよ」

「ああ。上手くやってやるよ。それで、落ち合う場所は……」

デミトリーが頷く。

（に、逃げなくては……）

セレナは必死に思考を巡らせる。

一方でリネットとデミトリーは、完全に勝利を確信しているのだろう。

セレナの方を見てもおらず、これからの計画を話し合っている。

それもそのはずだ。

セレナの足は自由だが、両手は封じられているし、廃墟の扉までは距離がある。このまま決死の覚悟で走って逃げようとしても、やすやすと捕まってしまうのが目に見えた。

（何か……方法は……？）

焦る心でセレナは周囲を見回し、ふと自分が転がされている床を眺めた。

（危険だけれど……）

下手をしたら、大怪我か、最悪は死んでしまうかもしれない。

だが、このまま何もせず娼館に売り飛ばされるなんて、死ぬよりも嫌だ。

リネットやデミトリーの浅知恵にテオが騙されるとは思えないが、セレナが今こうして捕まっているのは事実。

テオは今朝から王宮魔法師団を率いて、城から少し離れた平地で訓練を行っているそうだ。

セレナの帰宅があまりに遅ければ、ドラから城の本殿に連絡が行くだろうが、その時には既にセレナは売り飛ばされ、その先で穢（けが）されているかもしれない。

（それくらいなら……っ！）

覚悟を決めて、セレナは縛られている両手に魔力を集中させる。

修復魔法は、修復したい対象に向けて手を翳さなければいけない。

そのため、手首を戒めるハンカチにこのやり方を使うことはできないが、幸いにしてこれからやることに支障はない。

集中し、大急ぎで身体中の魔力を掌に集めていく。

「えっ!?　何をしているのよ！」

セレナの掌から銀色の光の粒子が溢れ出たのを、リネットに気づかれてしまった。

「お、おい！　何を企(たくら)んでやがる！」

デミトリーが慌ててセレナに駆け寄ろうとした。だが、それより早くセレナはデミトリーの足元にめがけて銀色の粒子を放つ。

そのキラキラした銀色の粉が床板に着いた瞬間、変色してひびの入った床板がみるみるうちに真新しくなっていく。

だが、そこで止まらない。

綺麗になった床板から、さらにドロリとニスが分離し、ビシャリと四方に飛び散った。

「きゃあ！」

飛び散ったニスがドレスにベッタリくっついたリネットが悲鳴をあげる。修復魔法をかける時、慎重にやらなくてはいけない理由はこれだ。

過剰に魔力を使ってこの魔法をかけてしまうと、単に新しい状態に戻るのを超えて、原材料までもどってしまう。

例えば魔導書に修復魔法をかけすぎれば、ただの真っ白な紙とインクだけになってしまうのだ。

　そして、このように床へ過剰に修復魔法をかければ……。

　打ちつけられていた釘が弾け飛び、ただの木切れになった板が大きな音を立てて外れる。

「うわああ⁉」

　ポッカリと開いた穴に、悲鳴をあげてデミトリーが落ちていく。

　この辺りでは昔から地下に貯蔵用の部屋を設けるのが普通だったから、思った通りこの家にも地下室があったようだ。

「ええっ⁉」

　もうもうと埃が立ち昇る中、わけがわからないと言うように顔を引き攣らせたリネットの足元にも修復魔法を放った。

「きゃあああ！」

　リネットの足元の床も、ニスと釘、真新しい木の板に分離してバラバラになり、彼女も地下に落ちる。

「はぁ……はぁ……」

　セレナは大きく肩を上下させて呼吸を繰り返した。急激に魔力を使ったせいで、貧血になったように頭がクラクラする。

修復魔法の掛け過ぎで抜けた床の部分の影響で、セレナの足元も大きな音を立ててぐらついた。

「きゃあぁ！」

しかし……。

必死に身を起こし、セレナは廃屋の出口に向かおうとした。

（この隙に、逃げなければ……）

修復魔法をかけたのは他所とはいえ、ここはかろうじてバランスを保っていた廃墟だ。

二か所で釘が抜け落ちたり板が外れたりしたら、他の部分も倒壊する可能性は極めて高い。

「っ！」

もつれそうになる足を懸命に動かすが、扉まではまだ距離がある。

必死に走ろうと床を踏みしめた瞬間、セレナの足元がミシリと大きく軋んだ。

「あ……！」

床が抜け、セレナの身体を浮遊感が包む。

落ちる――。

覚悟を決めてギュッと目を瞑った瞬間、バサバサッという大きな羽音と共に、襟首を何かに強く掴まれて落下が止まった。

「カーッ、危機一髪！　やっぱ俺って最速じゃん！」

「フェリ⁉」

後ろを振り向けなくても、聞き慣れたその声ですぐに分かった。

「フェリ、どうして……」

彼の主であるテオは今、『第三王子テオバルト』として、郊外で部下を率いて訓練中だ。

しかし、その使い魔であるフェリが、赤いカラスの姿でいるということは……。

「フェリ、よくやった」

セレナが思考を巡らせる間もなく、聞き覚えのある声がして逞しい腕に抱かかえられた。

「テオ……」

見上げると、仮面を被ったテオが宙に浮いたまま、セレナを抱きしめている。

今は『テオバルト』として郊外で演習中のはずの彼が、一体どうしてここにいるのだろう？

「黙っていてすまない。セレナに渡したブローチは、持ち主が強い恐怖や危機感を覚えた時、俺に居場所や周囲の音声を伝えてくれる魔道具だったんだ」

そう言うと、テオはブローチをむしり取られて穴が開いたセレナの服を見て、顔を顰めた。

「ちなみに無理やり外されても、もうあのブローチの主はセレナだと魔法をかけているから、セレナの危機をちゃんと教えてくれた」

「そ、そうだったのね……」

「ああ。それで、俺の聞き間違いでなければ、ブローチをむしり取ったのは、あそこにいる女で間違いないな?」

テオの仮面の奥に見える紫の瞳が、ゾッとする程に鋭く、粉塵の中で喚くデミトリーとリネットを睨んでいた。

「ええ……」

「解った」

スッと、テオがセレナを抱えたまま片手を挙げる。

その手に青白い光が溜まっていくのが見え、セレナの背筋を冷たいものが走り抜けた。

テオがどんな魔法を使おうとしているのかは解らない。

だが、近くにいるだけで肌がビリビリするほど、彼からは強烈な怒りの気配が発されている。

「テ、テオ……っ」

何をするつもりなのかと、咄嗟に問おうとした時だった。

「なんだ、なんだ!」

「爆発か!?」

先ほど、建物が倒壊した時の轟音が周囲の家々にまで聞こえたのだろう。

叫び声と共に、人が集まってきた。

わらわらと集まってきた人々を見て、テオが舌打ちをする。

「チッ……。ここで始末したかったが、仕方ない」

そう言って彼は手を下ろし、フェリをチラリと見る。

「フェリ。国王陛下に、このことをすぐに報告してくれ」

「まかせろ！」

フェリが誇らしげに首を高く上げ、翼をはためかせる。あっという間に、その赤い身体は光のような速度で遠ざかっていった。

それを見送ったテオが、今度は聞き覚えのある呪文を唱えた。

彼がよく図書室で重宝し、先月には暴れ馬を止めた、例の物体を浮かせる魔法だ。

「なっ、なんなの⁉」

「うおっ！」

もうもうとまだ立ち昇っていた埃の中から、デミトリーとリネットがそれぞれ、まるで見えない手に持ち上げられているようにふよふよと浮かんで来る。

二人とも自由に身動きはできないらしく、顔を強張らせてビクビクと痙攣していた。

「皆、騒ぎを起こしてすまない。女性を拉致しようとした犯罪者を拘束したところだ」

テオが集まってきた群衆に向けて説明すると、皆は戸惑いながらも、テオの着ているローブを見て王宮魔法士だと理解したようだ。

「後程、ここには正式な調査を寄越すが、建物が崩れる危険性がある。離れていてくれ」

落ち着き払ったテオの言葉に、人々は納得したらしい。

まだ興味津々といった様子ながらも、大人しくその場を離れていく。

全員が去った所で、ジロリとテオがデミトリー達を睨んだ。

「さて、城まで届けてやる。そこで正式に沙汰を受けろ」

腹の底から凍えるほどの冷たい声でテオが言い放ち、片手を一振りする。

すると、宙に浮いていたデミトリーとリネットが、王宮の方角に向けて物凄い速さで飛んでいき始めた。

「ぎゃあああ！」

「ひいいいい！」

あんな風に魔法で飛ばされるのは、相当な恐怖だろう。

二人の姿と絶叫がみるみるうちに遠ざかっていく。

それを聞きながら、セレナはテオにしがみついた。

「あ……ありがとう、テオ……」

まだ心臓はバクバクいっているし、全身が小刻みに震えて収まらない。

ずっと信頼していたリネットからの、あんな裏切りにあって頭の中がグチャグチャだ。

だがそれでも、助かった。

テオが助けてくれた。

「ああ。間に合ってよかった」

テオがホッとしたように言い、自分の仮面に指で触れる。

「一刻も早く行こうと、仮面を使って良かった。魔道具で加速したフェリを使わなければ、間に合わない所だったからな」

「っ！」

彼の発言に、とんでもないことに気づいて血の気が引く。

「でも、それじゃあテオの秘密は……」

彼は、王宮魔法師団の部下達に気づかれないように仮面を被ってここに来たのだろうか？

もしそうだとしても、演習中にいきなり団長がいなくなったら、間違いなく騒ぎになってしまいそうな気がするが……。

「セレナは気にしなくて良い」

テオが柔らかく微笑み、セレナを抱きしめる。

「でも……」

「大丈夫だ。それよりも不愉快だろうが、王宮で今しがたの事件を証言してほしい」

「そ、それは勿論よ」

コクコクと頷くと、テオがニコリと微笑んだ。

「では、転移魔法を使うぞ。掴まってくれ」

そう言われ、セレナは慌てて彼に力いっぱいしがみついた。

第五章

テオにしがみ付いて移動したセレナは、よろめく足を踏みしめ、目を見開いて辺りを見渡す。

転移魔法で着いた先は、なんと王宮の玉座の間だった。

高座に国王夫妻の玉座が並ぶ、威厳と気品を備えたこの部屋では、普段は謁見や優れた功績を行ったものに対する褒章の授与などが行われる。

そしてもう一つ。

裁判所で手に負えない重罪人で、王自らが裁かなければならない事件の際にも使われていた。

「っ！」

ピリついた雰囲気の玉座の間に、思わず息を呑んだ。

玉座の正面には、相変わらず魔法で拘束されたままのデミトリーとリネットが床から僅かに離れた所でふよふよと不安定に浮かんでおり、数名の警備兵が戸惑った様子ながらも油断なく槍(やり)を突き付けている。

両脇の壁際には、急いで駆け付けたと思しき高官達が、肩を上下させて呼吸を整えつつ、汗を拭いては、突然に現れたセレナ達に目を丸くしている。

皆、今の状況がよく解っていない様子だ。

「あれはセレナ様……」

「どうしてあの方が、テオと一緒にいるんだ?」

などとセレナ達を見てヒソヒソ囁く声も聞こえて来た。

しかし、玉座の横にある専用の扉が開いて高らかなラッパの音が鳴ると、ピタッと静かになり全員の視線がそちらに集中する。

「国王陛下のご入来!」

警備兵が大声で知らせると、高官達は慌てて一斉に頭を垂れて敬意を示した。

テオとセレナも、彼らに倣って頭を下げて礼の形をとる。

「よい。皆の者、面を上げよ」

国王が玉座に着く気配がして、よく通る声が玉座の間に響き渡る。

高官達が頭をあげ、セレナ達もそれに倣った。

「さて……」

玉座に構えた国王は、表情こそ特に感情を露わにはしていなかったものの、デミトリーとリネットを見る目は鋭い。

「皆を呼びよせたのは外でもない。我が息子テオバルトの婚約者であるセレナに危害を加えようとしたものがいると、先ほど緊急の連絡が入った」

その言葉に、ざわりと高官達がどよめき、セレナとテオへまた一斉に視線が集まる。

「お、恐れながら申し上げます！　陛下！」

不意に甲高い声を張り上げたのは、リネットだった。

不自由な身体をモゾモゾ蠢かせ、必死の形相で国王へ訴える。

「……何を言い出すつもりか、だいたい予想はつくが」

テオがボソリと小さく呟いて軽く手を振ると、僅かに浮いていたデミトリーとリネットが急にパッと床に落ちた。

ガンッと痛そうな音と共に、二人が悲鳴をあげる。

「……発言を許可する。何か申し開きがあるのなら、申してみよ」

「は、はい。陛下は、セレナとそこの王宮魔法士に騙されているのです！　私は、この身に恥じる事など何もしておりません！」

国王の許可を受けるなり、リネットが目に涙を浮かべ、セレナの方を指さした。

「ほう？　余が騙されていると？」

「そうです。私はただ、セレナに……大切な従姉妹である彼女に道を踏み外してほしくなくて……っ」

そこまで言うとリネットは声を詰まらせ、わっと両手を顔に当てて啜り泣き出した。

彼女はよく知っているのだろう。

こういう場合、強気に出るよりか弱い被害者を装う方が味方を得られると……。

可憐で華奢な容姿と合わさって、さめざめと泣くその姿は、見る者の同情を誘うのには十分だった。

高官達が顔を見合わせ、チラチラとセレナの方を見る。

「道を踏み外すとは……?」

「一体、セレナ様は何をなさったのだ?」

ヒソヒソと、そんな囁き声がセレナの所まで聞こえて来た。

(一体、何を言いだすつもりなのかしら?)

間違いなくリネットは、何かセレナを悪人に仕立てるような言い訳をしてこの状況を抜け出そうと企んでいるに違いない。

とはいえ、彼女が何を言い出すのか全く予想がつかないし、何よりも国王の御前である。幾らセレナが不快に思っても、王の許可なく勝手な発言はできない。

「……ふむ。続けよ」

国王が声をかけると、リネットはクスンと鼻を啜って涙を浮かべた顔をあげた。

「私は以前より、セレナからある相談を受けていました。それは……」

チラリと、リネットがセレナとテオの方を見る。

その目に一瞬、底意地の悪い狡猾な光が宿った。

「セレナは一度婚約破棄をしてからテオバルト様と婚約したにも関わらず、また他の男性に心が移ってしまったと……そう、そこにいる王宮魔法士のテオが、その相手ですわ！」

ざわ、と室内にどよめきがあがった。

「なんと……」

「そんな、まさか……」

高官達が顔を見合わせ、信じられないという顔でテオとセレナを交互に見る。

対して、国王とテオは表情一つ変えない。

そしてセレナは、呆れと驚愕の声を押し殺すのが精一杯だった。

『王宮魔術師テオ』と『第三王子テオバルト』が同一人物だとリネットが知らなかったとはいえ、なんという下卑た嘘を言い出すのか。

「テオバルト殿下のような素晴らしい婚約者を得られて、セレナも最初は舞い上がっていました。ですが、段々と王宮の重圧を感じてきたと私に何度も愚痴を零すようになったのです。私はセレナなら大丈夫だと懸命に励ましましたが……」

はぁ……と、わざとらしく溜息をついて見せたリネットに、セレナは怒りが芽生えた。

セレナが王宮に住むようになってから、リネットは訪ねるたびに励ますどころか、セレナにテオバルトから身を引くようにと熱心に薦めていたというのに。

しかし彼女はここぞとばかりに、ベラベラと喋り続ける。

「……そして今日、私と出かけた彼女は急にこう打ち明けたのです『真実の愛のために王宮を抜け出す』と。王宮の重圧を捨ててテオと駆け落ちをすると言い出した彼女を、私は必死で止めました。でも運悪く……」

リネットが、今度は傍らで落ち着かなさげにしているデミトリーの方を見る。

「このデミトリーに、私とセレナは襲われてしまったのです」

「なっ⁉」

リネットの言葉に、デミトリーが目を見開いて叫んだ。

「デミトリーはセレナとの婚約破棄がきっかけで生家より放逐され、彼女を恨んでいました。そこで一緒にいた私もまとめて傷めつけようとしたところ、セレナと待ち合わせをしていたテオがやってきて、デミトリーの仲間と誤解されたのです」

よくそこまで淀みない嘘をと感心するほど、スラスラと弁明したリネットに、国王が冷ややかな目を向けた。

「なるほど。つまり、そなたはあくまでも巻き込まれた被害者だと、そう言いたいのだな？」

「左様にございます」

「ほう。しかし、それが本当だというのなら、何故テオはセレナを連れてここに戻ってきた？　そなたたちを昏倒させ、二人で逃げ出すことなど、こやつにとっては朝飯前のはずだが」

国王が皮肉たっぷりな口調で、テオを視線で刺す。

「そ、それは……」

リネットは一瞬怯んだものの、すぐに気を取り直した様子で喋り出す。

「騒ぎを聞きつけて、人が集まってきてしまったからでしょう。そしてデミトリーだけでなく私にもセレナを害したという罪を着せて処刑すれば、今後はもっと動きやすくなると考えたのに違いありませんわ！」

高らかに彼女が言い放った瞬間、隣にいたデミトリーが叫んだ。

「リネット！　自分だけ助かろうとする気かよ！　そもそもセレナの誘拐はお前がたくらんだことだろうが！」

目を真っ赤に充血させ、鼻息を荒くしたデミトリーはそのままリネットに掴みかかろうとしたが、衛兵の槍で止められる。

「私が⁉　道連れにしようとして出鱈目を言わないで！　私は被害者よ！」

「黙れ、アバズレ！」

「もうよい」

国王が手を上げて、二人の声を遮った。そして国王はひたとリネットを見据える。

「リネットと申したな。セレナがそなたに何度もテオバルトとの結婚に愚痴を零し、テオと結ばれたがっていたというが、そうした証拠はあるのか？」

「……全て会話ですから、物理的な証拠はございません」

リネットはキュッと唇を噛み、いかにも悲しそうな上目遣いで国王を見上げた。

「ですが、彼女は約束をとりつけなくてもいつでも私を歓迎し、実際に本日も二人だけでの外出をしました。それは全て、私と内密の話をしたいがためという証拠になりませんか？」

「ふむ……」

国王が思案気に顎に手をやる。

（拙いわ……）

ヒソヒソと小声で囁き合う高官たちを眺め、セレナは冷や汗が背筋を伝うのを感じた。

もちろん国王は『テオバルト』と『テオ』が同一人物なのだと知っているから、リネットが嘘をついていると承知のはず。

しかし、それを知らない高官達にしてみれば、儚げな美貌を持ち傷ついた態度で無実を訴えるリネットの方を信じたくなるのも無理はない。

もちろん、その誤解を解くのはとても簡単なことだけれど……。

「さて、それでは質問の相手を変えよう」

国王の視線がセレナの方に向いた。

「セレナ。そなたは今のリネットの発言を聞いてどう思う？　事実と違う箇所があれば言うが良い」

「は、はい」

緊張にゴクリと唾を呑み、セレナはスカートの裾を掴んで一礼する。

そして、今までリネットにテオバルトと別れたいという愚痴を言うどころか、彼女の方から別れを勧められていたこと。今日の外出時にあった出来事。なぜリネットがセレナを恨んでいたかという理由……。

その全てを話した。

「う、嘘よ！」

リネットが叫ぶが、衛兵に再び槍をつきつけられて口を閉じる。

「よくわかった。では次に……」

国王が頷き、テオに向けてニヤリと笑った。

「テオバルト自身はどう思う？　己のせいで婚約者が貶められているのを、黙って見過ごすような臆病者は余の息子にいないと思ったがな」

「なっ⁉」

まさかの国王の発言に、セレナは耳を疑う。

「テオバルト殿下だと……⁉」

「そんな……」

驚愕の声が高官達からあがり、デミトリーとリネットも唖然としている中で、テオが仮面に手をあてて短い詠唱を唱える。

カチリと小さな金属音がして仮面が外れ、彼の顔が露わになると共に、燃え盛る炎のような赤い髪がみるみるうちに白銀へと変わっていく。

セレナも初めてこれを見た時には腰を抜かしそうな程に驚いたが、それは皆も同じだった。

「あ、あ……うそ……」

真っ青になったリネットが呟き、高官達も驚愕に目を見開いてテオを凝視していた。

「本当に……テオバルト殿下なのか？」

「まさか、だが……」

困惑している高官達の前で、テオがゆっくりと口を開いた。

「私は確かに第三王子テオバルトだ」

そして証明するように、フェリを召喚してみせる。

「おおっ！」

現れた白銀の鷹を見た高官達がどよめいた。

そのうちの何人かが明らかに青褪めているのは、今まで『テオ』に対して好き勝手な暴言を吐いていたせいだろう。

「なぜテオバルトがこれまで正体を隠していたのかは、余から説明しよう」

そして国王は、テオが少年時代からたびたび身の危険を感じて人間不信になり、別人として過ごすことにした経緯を簡単に話した。

「――以上のような事情で、テオバルトは二つの顔を使い分けて生活していたのだが、それは決して誰かを傷つけるためのものではない。やましい部分のある人間でなければ、何も支障はないと思うが」

「は、はい……」

国王に諭され、高官達が頷く。

「そして……これで本日の件について、誰が本当のことを言っているのかは、一目瞭然であるな」

国王の厳しい声に、リネットがビクリと肩を震わせた。

「セレナ嬢への暴行及び誘拐未遂。さらに、我が息子テオバルトへの侮辱罪だ。追って沙汰は出すので一先(ひとま)ずは投獄せよ」

「はっ！」

衛兵が槍を構えてリネットとデミトリーを拘束し、そのまま引きずるように連れていく。

「嫌！　嫌よ！　私は悪くないわ！　全部セレナのせいよ‼」

「離せ‼　俺はリネットに唆(そそのか)されただけなんだ！」

泣き叫びながら二人が連行されていくと、国王が合図して高官達に退室を促した。

警備兵にも外で待機をするように告げられ、玉座の間にはセレナとテオ、それに国王の三人だけが残る。

「……この度のこと。謝って済む問題ではありませんが、誠に申し訳ございません」

居たたまれず、セレナは深々と頭を垂れて謝罪をした。

「セレナが謝ることはない」

きっぱりと言い切ったテオを見上げ「でも……」と眉を下げた。

「私はリネットを信頼できる従姉妹だと思っていました。その見る目のなさのせいで、陛下を始めご一家が今まで守っていた仮面の秘密を明かすことになってしまったのですから……」

「ふむ。確かに、人を見る目を養うことは大事だ」

国王が顎を撫でながら、うんうんと頷く。

「だが、世の中にはそれと同じくらい大事なこともある。そうであろう？　テオバルト」

水を向けられたテオが、セレナをじっと見つめる。

「はい。俺にもう仮面は必要ない。そう信じる事ができたのは、セレナがいてくれたからです」

「テオ……？」

「万人に理解されなくても良い。大切な人が本当の俺を見て、どんな姿でも変わらず愛してくれる……それだけで十分なのに、俺は今日までまだ臆病だった」

テオがフッと自嘲気味に微笑んだ。

「謝るのは俺の方だ。婚約をしてすぐに、俺が二つの顔を持っていることを世間に明かし、セレナと懇意になったきっかけも全て公表するべきだった。そうすれば、セレナはデミトリーに逆恨みされることもなく、王宮内で不快な噂を流されることもなかったのに……」

「そ、そんなことはないわ！　テオがどうしたとしても、貴方に恋する女性達からは恨まれただろうし、デミトリーだって逆恨みをしたはずよ。それに……」

初めてテオの正体を知った時からの、様々な事がグルグルと頭の中を回る。

最初はこれ以上ない程に驚いたし、それから不快な出来事も、大変な出来事も、緊張する出来事もたくさんあった。

でも、全てはテオの傍にいたいと思ったから。

自分など彼に相応しくないのではと悩んだ時でさえ、本気で身を引く勇気はなかった。

それくらい、強くテオを愛してしまったのだ。

「……どんなに大変な状況になっても、私はテオを愛しているの。自分でもどうしようもないくらい」

自然と思いが口から零れだす。

「セレナ……」

テオが目を見開いたかと思うと、熱烈に抱きしめられた。

「愛している！」

息が止まりそうなほど強く抱きしめられ、思わずセレナも彼の背に手を回そうとした時――。

国王が、ゴホンと咳払いをした。

「仲睦まじいのは大変結構だが、後は二人で話し合うが良かろう。余は邪魔のようだからな」

「っ！　大変失礼いたしました！」

「申し訳ございません、父上」

赤面してパッと離れたセレナとテオに、国王は優しく頼もし気な笑みを見せ、穏やかに退室を促してくれる。

お辞儀をして、セレナ達は玉座の間を後にした。


廊下に出たセレナは、人気のないところまで足早に移動すると、改めてテオに礼を述べた。

「本当に……今日は助けてくれてありがとう」

心より感謝を告げると、テオが少し意外そうな、何だかソワソワした様子になった。

「どうしたの？」

「いや……正直に言うと、あのブローチの能力を隠してセレナに渡したことを知られたら、軽蔑されるかもしれないと心配だった。まるで見張っているようで気持ち悪いとか……」

気まずそうに告げたテオに、セレナはおかしくなってクスクスと笑った。

「軽蔑なんてしないわ」

「ほ、本当か？」

「ええ。だって、私を心配してのことでしょう？　婚約発表からしばらくは色々あったのだし、今日だって実際にそれで助かったのだもの」

テオに想いを寄せる女性は、それこそ星の数ほどにいるだろう。

その中で、テオの想いを勝ち取れた自分はとても運が良かった。そしてその反面、憎まれて危険な目に遭う確率も多くなる。

それを考慮して、セレナの身の安全を考えてくれたのだから、非難なんてするはずはない。

「そう言ってくれるとありがたい」

ホッとしたようにテオが息を吐いた。

そして彼はセレナの顔をよく見て、眉をひそめる。

「それよりも、よく見れば怪我をしているじゃないか」

「え……」

リネットに打たれた頬からジンジンとした痛みはだいぶ引いていたが、テオの視線からして、まだ赤みが残っていたらしい。

「大したことではないわ。一度ぶたれただけだもの」

「ぶたれた⁉　女性の顔だぞ！　他にも……」

大きな怪我こそ負わされなかったが、床に突き飛ばされたりしたセレナの服はかなり汚れ、手足もかすり傷とはいえなかなか悲惨なことになっていた。

「外からは解らなくても、もっと大怪我をしているかもしれない。医務室に行くべきだ。俺よりも頼もしい回復魔法のプロに見てもらおう」

「あ、あの……」

テオが突然セレナの前に跪き、両膝裏と背中に手を回してきた。

そしてそのままヒョイと抱き上げられる。

「テ、テオ！」

「じっとしていろ」

有無を言わせない口調の彼に、セレナはおずおずと従った。

彼はセレナを抱き上げた状態でスタスタと歩きだし、王宮内の廊下を進む。

（な、なんだか……）

この体勢は恥ずかしいし、誰かに見られたらと思うとセレナは顔に熱が集まったが、降ろしてくれとも言えなかった。

テオが心の底から心配しているのが伝わってくるからだ。

程なくして医務室に辿り着くと、城勤めの老医師が驚いたように椅子から立ち上がった。

「おや、これはテオバルト殿下！　それに……セレナ様でございますね？」

「彼女が狼藉者に暴力を振るわれたので、怪我の具合を見てほしい」

「な、なんと！　それは大変！」

老医師は急いでセレナを椅子に座らせると、傷の様子を見た。

幸い、テオが心配していたような外からは解らない深刻な怪我などはなく、すぐに老医師は魔法を使って治療を始める。

「……これで大丈夫でしょう。もし明日になってまだ痛むようならまたいらしてください」

「ありがとうございます、先生」

老医師に礼を言って医務室を出ると、セレナはテオに再び抱きあげてくれた。

「あ、あの……もう大丈夫よ？　自分で歩けるわ」

「いや、まだ心配だ。このまま部屋まで送るから大人しくしていろ。それとも、俺に抱かれるのは嫌か？」

不安そうな声音で言われれば、セレナもそれ以上は何も言えない。

それに、気恥ずかしくはあるものの、テオにこうして抱きしめられていると、とても安心して心が和らいだ。

何しろ今日は、ずっと信じていた従妹に裏切られ、命の危険に晒されたのだ。

あまりにも目まぐるしかったので麻痺していた感覚が、じわじわと戻って来るのを感じる。

（少しだけ……）

心の中で言い訳をして、テオを見つめた。

「テオが大変でなければ、送ってもらえるかしら？」

「勿論だ！」

パァッとテオが満面の笑みを浮かべ、セレナを抱く手に力が籠もる。

そのまま鼻歌でも歌いそうな上機嫌のテオに大人しく抱かれたまま、セレナは幸せな気分で館の自室まで送ってもらった。


突然、怪我をして帰って来たセレナと連れて帰って来たテオを見て、屋敷の使用人は大層驚いていた。

特にドラは大層動揺していて、無理を言ってでも自分が付き添えば良かったと謝ってくる。

「ドラのせいではないわ。幾ら旧知の誘いとはいえ、私が迂闊すぎたのよ」

自戒を込めてセレナはキッパリとそう言った。

第三王子の婚約者となった以上、幾らテオが許可してくれたとはいえ、もっと身の安全には慎重になるべきだった。

少しくらい羽を伸ばしても良いだろうと、護衛もつけずにうかうかと誘いに乗った自分の甘い考えが恥ずかしい。

思わず俯いて唇を噛むと、テオはそんなセレナの心境を察したようだ。

慰めるように頭をポンポンと叩かれた。

「セレナをいきなり窮屈な王宮暮らしに放り込んだ自覚はあったから、可能な限りは自由にしてほしいと思っているんだ」

「テオ……」

「だから、万が一の用心にと追跡用のブローチを贈ったが、それでも心配だ。これからはお忍びで外出するときは、俺も誘ってくれ」

「え、ええ。ありがとう……」

テオの優しさが嬉しくて、じんと胸が熱くなる。

感激の涙が滲む目の端を擦り、セレナは頷いた。


そしてテオはすぐに城の本殿へ戻ったが、簡単な説明はしていったし、噂というのはすぐに広がるものだ。

セレナがドラの手伝いで湯浴みと着替えを終えて自室で休息をとっている間に、屋敷のメイド達は城内の様子がどうなっているか早速調べてきてくれた。

本日の城内は当然、例の事件で大騒ぎだという。

特に『王宮魔法士テオ』と『第三王子テオバルト』が同一人物だったことは、かなりの衝撃をもたらしたらしい。

テオの正体が明かされると同時に、今まで好き勝手な噂を吹聴して肩身の狭い思いをすることになった人が続出したので当然といえば当然だが。

しかしリネットの両親と、デミトリーの父であるダンケル伯爵も城に呼ばれ、事情を聞かれていたと聞いた時には、やはりとは思ったもののドキリとした。

本日、リネットとデミトリーは紛れもなく犯罪行為をしたわけで、その親族が事情を聞かれるのは当然のことだ。

だが、ダンケル伯爵はもちろん、リネットの両親とて善良な人達だ。

デミトリーを勘当していたダンケル伯爵は勿論、リネットの両親も、以前から娘の身勝手な性格が目に余ると言い、セレナにも『娘が迷惑をかけたらいつでも叱るので教えてくれ』と言われていた。

ただ、セレナは自分の持っていない強引なまでの明るさを振りまくリネットを、眩しくて羨ましいと感じてしまっていた。

あんな風に堂々と振る舞えたら、デミトリーに馬鹿にされることもなかっただろうし、親の決めた婚約者以外に好きな人ができても、それを素直に親へ打ち明けられるかもと思っていた。

強さと自分勝手は違うと解っていたはずなのに、リネットの身勝手な行動に時おり首を傾げることはあっても、それも彼女の魅力だと無意識に自分を納得させていたのだ。

もっと早く彼女の行動を注意できれば、何かが違っていたかもしれないと思うと、それが悔やまれる。

（……とにかく、おじさまとリネットのご両親にお咎めがなかったのは幸いだったわ）

今回の事件は、リネットと偶然に出会ったデミトリーが自分達だけで画策したものだと、二人は取り調べで早々に自白したらしい。

よって、デミトリーの父であるダンケル伯爵と、亡き母の妹夫妻であるリネットの両親には特にお咎めはなかった。

もっとも、社交界とは厳しく冷たいものだ。

身内に罪人が出れば、それだけで家名は地に落ちたのも同然で、今後何かと彼らが肩身の狭い思いをすることは容易に予想できる。

セレナが今後、彼等に何か手助けできるかと言えば、多数の人に認められ発言権のある立派な王子妃となり、陰ながら彼等を支える事だろう。

そうして自分の考えに決着をつけた時、部屋の扉がノックされドラの声がした。

「おやすみの所、申し訳ございません。セレナ様の御実家の方々がいらっしゃっておりますが

「……」

「父と兄が⁉」

慌てて応接間に向かうと、そこには落ち着かない様子で長椅子に腰を下ろした父と、その隣に座った兄の姿があった。

「セレナ！」

セレナが現れるなり、二人が立ちあがって駆けよって来る。

「お父様……お兄様も」

二人の青褪めた表情から、今回の事件を聞いて駆け付けてくれたのは一目瞭然だった。

「怪我は大丈夫なのか？　ここに来る間に聞いたが、監禁されて殴られたり蹴られたりしたそうじゃないか」

「なんて酷いことを！　あいつらに百倍にしてかえしてやりたい！」

どうやら父と兄は、かなり誇張された噂を耳にしてしまったようだ。蒼白（そうはく）になり、オロオロとセレナの全身を眺める。

「お父様、お兄様。それは大袈裟です。私はかすり傷程度で大丈夫ですから落ち着いてください」

どうやら二人はここに来るまでの間に、かなり誇張された話を聞いてしまったようだ。

「そ、そうなのか……」

父と兄が顔を見合わせ、額の汗を拭ってふぅと息を吐く。

「ええ。それに今回の事件はあくまでもデミトリーとリネットだけで画策したもので、彼等の親族には責任はありません。だから、お父様もお兄様も落ち着いて」

ドラの淹れてくれた気分の落ち着くハーブティーを勧めながら、セレナは事件に不関与だったデミトリーとリネットの両親を巻き込みたくないと語る。

「――おじさまがいなければ、自信のなかった私は司書になる夢も捨てて諦めていたわ。リネットのご両親だって、亡くなったお母様の面影があると私を可愛がってくださった。そんな優しい人達に、これ以上辛い思いをさせたくないんです」

「セレナ……」

父と兄はまだ心配そうな様子だったが、やがて父がゆっくりと頷いた。

「お前がそこまで言うのなら……いや、心から感謝する。お前の優しく広い心のおかげで、私は生涯の友や妻の親族を失わずに済んだ」

「ああ。俺もおじさまやリネットの両親は今も尊敬している。お前の願う通り、今までと変わらずに接するから、安心してくれ」

「ありがとうございます。お父様……お兄様……」

父と兄に自分の想いが伝わったことが嬉しくて、セレナは涙を禁じえなかった。

テオだけでなく、父も兄もセレナの身を案じて大切に想ってくれている。

かつては自分を平凡でつまらない人間だと思い、もっと華やかな女性に生まれていればと思うこともあったけれど、今は世界一の美女とだって代わりたくはない。

(私……とても幸せ者ね)

心の底から、セレナはその想いを噛みしめた。


その日の晩。

セレナが湯浴みを終えて寝衣に着替えると、ほどなく濡れた銀髪を拭きながら、テオが寝室へと入ってくる。

「セレナ。お疲れ様」

そう言ったテオは、いつもよりも心なしかさっぱりとしたように見えるのは気のせいだろうか?

彼も今まで二つの顔を持っていたのを露わにしたことで色々と吹っ切れて、その心境が雰囲気に出ているのかもしれない。

「今日はゆっくり休め……と、言いたいところだが……」

寝台に腰を下ろしたテオが、横たわっていたセレナにゆっくりと覆いかぶさる。

抱き締められ、セレナの髪に顔を埋めたテオがボソリと呟いた。

「一歩間違えればセレナを失っていたかと思うと、とても冷静でいられない。……今日だけは甘えるのを許してくれないか？」

「……許すもなにも、命の恩人に対して感謝しかないわ。私で良ければ幾らでも甘えて」

テオの背に手を回し、セレナはクスクスと笑う。

かつては第三王子のテオバルトを遠目から見るたび、あまりに超然とした雰囲気の彼とは、一生関わることなどないと思っていた。

だが、彼が実は大好きなテオと同一人物で、セレナの前でこんなにも砕けた姿を見せてくれるなんて、未だに夢かと思うくらいだ。

「ありがとう」

テオが、セレナの額に軽く口付けを落とす。

そしてそのまま二人は見つめ合うと、ゆっくりと唇を合わせた。

「……ん……」

テオの唇はセレナの額から瞼、頬と移動し、やがて首筋へと下りていく。

「あ……っ」

チュッと強く吸われ、思わず甘い吐息が漏れる。

そのままテオの手はセレナの寝衣のリボンをスルリと解き、胸元を露わにした。

「……っ！」

恥ずかしさで思わず身体を強張らせたセレナに、テオがフッと笑った。

「セレナの身体はいつ見ても最高に綺麗だ」

そして再び唇が重なると同時に、彼の手が優しくセレナの素肌を撫で、そのままゆっくりと寝衣を取り払っていく。

「ん……っ」

テオの手がセレナの胸へと触れ、やわやわと揉みしだく。

「あっ……んん……」

彼の唇が首筋から胸元へと移り、今度は胸の谷間に赤い痕を残す。

「セレナ……もう絶対に誰にも手出しはさせない。俺だけのセレナだ」

舌先でグルリと円を描くように硬くなった先端を弄られ、反対の胸はテオの大きな手で包まれて優しく揉みしだかれる。

「ああっ……」

与えられる快楽に、身体の奥に火が灯（とも）っていく。

テオがセレナの胸を揉みながら、臍(へそ)から下腹部へと手を滑らせた。

「あ……っ」

そして彼はそのまま、スッと秘所に指を差し入れる。

既に蜜で潤っているそこは、テオの指を難なく受け入れて絡みつくように締め付けた。

「もうこんなに濡れているのか？」

クチュリと水音を立てて指を動かしながら、テオが嬉しそうに呟く。

「……だ、だって……テオにいつもされているから……」

恥ずかしさに頬を染めて言い訳をすると、彼がいっそう嬉しそうににやけた。

「セレナが俺に慣れて気持ち良くなってくれるのか。嬉しいな」

「……っ！」

テオがセレナに口付ける。そして、そのまま舌を絡めて深く口付けながら、彼はゆっくりと指を増やしていった。

「ん……あ……」

グチュグチュと卑猥(ひわい)な水音を立てながら中をかき回され、同時に深く舌を絡ませる。

「ん……あ、あっ」

「セレナ……愛している……」

熱に浮かされたように囁きながら、テオが顔中にキスの雨を降らせる。

次第に高みへと追い詰められていくのを感じながらも、セレナは口付けの合間にテオに懇願した。

「お願……い、もう……来て……」

「ああ」

テオが掠れた声で頷き、ゆっくりと指を抜く。

そして彼は寝衣を脱ぎ捨てると、いきり立った楔(くさび)を一気に最奥まで突き入れた。

「あああぁっ……！」

その衝撃と快楽に、セレナの背が大きくしなる。

「セレナ……！」

テオが腰を動かし始めると、待ちわびた刺激にセレナは自らも快楽を求めて腰をくねらせた。

「……っ、はぁ……」

「あぁ……んっ」

やがて互いの熱が高まっていくのを感じながら、テオが強く深く楔を打ち付ける。

「ん……あぁぁっ！」

一際強く奥を貫かれた瞬間、セレナは全身を戦慄(わなな)かせて高い嬌声をあげた。

ビクビクと痙攣する中に、熱い飛沫が迸っているのに、埋め込まれている雄は萎むことなく硬度と大きさを保っている。

「っは……セレナ……まだ収まらない」

テオの切なげな声に、セレナは息を荒げながらコクリと頷いた。

「ええ……」

そして自ら両足を彼の腰に絡ませ、艶然と微笑む。

「テオが満足するまで……何度でも……」

「っ！」

テオが息を呑み、そしてセレナに深く口付ける。

「ん……っ」

そのまま彼は、再び激しく腰を動かし始めた。

「あ……あぁ……」

テオが動く度に、グチュグチュと卑猥な水音が響く。

彼の腰に絡めた足をキュッと締め付けると、テオが気持ちよさそうに顔を歪ませた。

「っ……！」

激しく腰を打ち付けながら、テオが再び最奥を穿ち始める。

「あ……ああっ！」

そして激しい抽挿と共に高みへと追い詰められて行ったセレナは、再び快楽の頂点へと達した。

「はぁ……ん……」

全身を貫くような甘い痺れを感じながらも、まだ足りないとばかりに楔が奥を突き続ける。

「……ぁ……んぅっ」

もう少しで絶頂にたどり着けると思ったところで、不意にテオがズルリと楔を引き抜いた。

「あ……」

思わず切ない声をあげてしまったセレナに、テオは柔らかく目を細めると、そのまま身体を反転させた。

「テオ？」

戸惑った声をあげるセレナの腰を掴んだ彼は、腰をグッと自分の方に引き寄せながら彼女の背中に口付ける。

「背中も……綺麗だな」

そして背骨に沿って舌を這わされ、ゾクゾクとした快感が背中を走ると同時に後ろから彼のものが再び挿入された。

「あ、あぁ……っ」

後ろから深く激しく突かれる度に、彼の吐息と自分の声が混ざり合う。

テオはセレナを抱き締めると、そのまま再び高みへと追い上げ始めた。

「あっ！　ああ……んっ」

背後から激しく突き上げられながらも、テオの右手が胸や秘所を弄り始める。

「あぁ……っ！　テオ、気持ちいい……あぁぁっ！」

あまりの快楽に、セレナの目の前がチカチカと瞬き始める。

「セレナ……愛している！」

同時にテオも余裕がないのか、段々と抽挿が激しくなる。

「ああっ……！」

高みへと追い詰められていくセレナの中で、楔が質量を増してビクビクと痙攣する。

不意にテオの手が伸びて、セレナの顎を掴んで後ろを向かせた。

そのまま、貪るように口づけられる。

「んっ、ん！」

口づけながら、今度は腰を掴まれ、繋がったまま身体を反転させられた。

「んんっ！」

膣壁を雄で捩(ね)じるように擦られ、セレナがくぐもった嬌声をあげる。

「ん……っ」

敷布の上に胡坐(あぐら)をかいて座ったテオは、セレナを対面で自分の上に座らせ、そのまま再び激しく腰を揺さぶり始めた。

「あぁっ！　ああ……んっ」

自分の体重がかかっているせいで、いつもより深くまで彼が食い込む。

何度も最奥を穿たれる度に、セレナの理性がとろけ、本能のままに腰を動かす。

「テオ……あっ！　あぁ……！」

高みに追い上げられているせいか、先程から視界が白く点滅している。

もう何も考えられないほどに、頭の中は快楽で一杯だ。

「……っ」

一瞬苦し気に呻いたテオが、より一層激しく楔を突き入れてくる。

「ああぁっ！」

最奥まで穿たれた瞬間、再び目の前がチカチカと瞬き始めた。

「ああ……っ！」

もう限界だった。

「セレナ……っ！」

テオがグッと息を呑み、セレナを強く抱き締める。

「あああぁっ……！」

その瞬間、最奥に放たれた奔流に導かれるように、セレナも大きく仰け反り高い嬌声をあげた。

二人でビクビクと身体を震わせてから、敷布に倒れ込む。

ハァハァと荒くなった呼吸を整えつつ薄く目を開けると、すぐ間近にあるテオの目と視線が合った。

「大丈夫か？」

テオが汗で額に張り付いた髪の毛を払いながら、気遣わしげに聞いてくる。

「ええ……」

セレナは微笑みを浮かべ、彼の額に軽く口付けた。

彼の手がセレナの手に触れ、指が絡まる。

感じる彼のぬくもりが、とても心地よい。

抗(あらが)いがたい眠気と強い安心感に、セレナはゆったりと目を閉じる。そのまま、幸せな眠りに落ちて行った。

第六章

夏の暑さも和らいできた、秋の初め。

よく晴れた空の下、王都の大聖堂では盛大な挙式が行われていた。

「——それではここに、二人を正式な夫婦として認めます」

司祭の厳かな宣言とともに、聖堂中に拍手喝采が響き渡る。

「テオバルト殿下！　おめでとうございます！」

「セレナ王子妃殿下！　お幸せに！」

祝福の言葉と共に、色とりどりの花びらが舞う。

本日は半年前から準備を進めていた、セレナとテオの結婚式だ。

例の事件から、この式までの間に、色々なことがあった。

まず、デミトリーは重罪人を集めた離島の収監所に送られ、そこで数十年の苦役を課される
ことになった。運よく生き延びられても、出て来られる時には老人になっているだろう。

リネットは両親からの必死の懇願を汲まれ、女子用の収監所ではなく、大陸でもっとも厳格と言われる修道院に生涯監禁となった。重労働こそないが、厳しい生活だそうで、しかも二度と俗世へ出ることは許されない。

ダンケル伯爵も、リネットの両親も、自分達の子がした行為を心から恥じて深く謝罪をしてくれた。

それだけでセレナは十分だったが、両家ともに責任をとって爵位を国に返上し、今後は田舎で隠居暮らしをするという。

何もそこまで……と、引き留めようとしたけれど、ダンケル伯爵やリネットの両親の決意は固かった。

それでも、今後も時々手紙を書くと約束してくれたし、セレナも返事を書くつもりだ。

――そのような出来事も色々と済ませ、セレナ達はようやく結婚の日を迎えたのである。

この国では、王族の結婚式は大聖堂で執り行われる。

大掛かりな結婚式の準備は簡単とは言い難(がた)かったが、テオと楽しく相談しながら計画を進めるのは苦ではなかった。

ステンドグラスから降り注ぐ厳かな光の中、豪華な純白のウエディングドレスを着たセレナは、テオの手をとって聖堂の奥へと進む。

チラリと貴賓席を見れば、国王夫妻と二人の年長の王子は勿論、セレナの父と兄もいた。

いくら子ども同士が結婚するとはいえ、国王一家と同席だなんて、父と兄は恐縮して固まってしまっているのではと心配だったが、杞憂の様だ。

二人ともハンカチを顔に当てて号泣しており、同じように号泣している国王夫妻と、時おり何か囁き合ってはうんうんと頷いている。

祭壇の前に着くと、豊かなひげを蓄えた司祭が、厳かに口を開いた。

「それでは今より……」

お定まりの口上が述べられ、誓いの言葉を促される。

「セレナ・ミラージェス」

「はい」

司祭に名を呼ばれ、真っ直ぐ前を見る。

「汝は病める時も健やかなる時も……愛をもってテオバルトと互いに支えあうことを誓いますか？」

「はい、誓います」

何ということもない儀式だが、それでも厳粛な空気に包まれる。

司祭の穏やかな視線を感じながら、セレナは言葉を続けた。

「テオバルト・リシア・ルクセン」

「はい」

テオがセレナの手を離し、一歩前に出て司祭に向き直ると、また同じ口上で問われた。

「汝は病める時も健やかなる時も……愛をもってセレナと互いに支えあうことを誓いますか？」

「はい、誓います」

テオが迷いのない口調で答えれば、司祭は優しく微笑んだ。

「それでは指輪の交換を……」

テオがセレナのベールを持ち上げ、二人は向かい合った。

互いの左手に嵌（は）められているのは、先日二人で選んだ揃いの結婚指輪だ。

「誓いの口づけを……」

その言葉に、テオの顔がゆっくりと近付いてくる。

ドキドキと胸を高鳴らせながらセレナも上を向き、彼の手が頬にかかるのに任せた。

やがて唇がそっと合わさり、お互いの柔らかな感触と体温が伝わる。

誓いのキスを終えると、周囲の招待客からワッと歓声が上がった。

（これで、本当にテオと結婚したのね……）

半年ほど前から既に一緒に暮らしている身だが、こうして結婚式を無事に迎えられたことが、とても感慨深い。

歓声の中、セレナはテオにエスコートをされて祭壇の前を退き、大聖堂の入り口に向かう。

そこには花や魔法の光で装飾された、真っ白い屋根なしの婚礼馬車が控えていた。

テオの腕に手を絡め、正面玄関から階段をゆっくりと下りていく。

本日はこのまま婚礼馬車に乗り、王都の大通りを通って王城へと向かうのだ。

二人が馬車に乗ると、御者が鞭(むち)を鳴らしてゆるやかに馬車が動き始めた。

「セレナ。とても綺麗だ。さっきから言いたくてたまらなかったが花嫁の品も、全て似合っている」

「ありがとう。協力してくれた皆様のおかげだわ」

セレナは誇らしい気持ちで、自分の婚礼衣装を眺めた。

この国では、結婚式に花嫁は四つのものを身に着けると幸せになれると信じられている。

『新しいもの』『古いもの』『紫のもの』『借りて来たもの』の四つだ。

まず、一から仕立てたセレナの婚礼衣装が『新しいもの』である。

そしてそのドレスの腰帯には、亡き母が結婚式で使ったものを上手く合わせてもらった。これが『古いもの』だ。

ドレスの胸元に輝く『紫のブローチ』は、先日にテオから貰った護身用の大切な品。

最後に、セレナは交換した指輪をはめた自分の手元を見て、微笑む。

この指輪はルクセン王家に伝わる由緒正しき指輪で、その時の兄弟で一番早く結婚した者が配偶者に渡す権利を持つという。

だからといって、自分がいっぱしの人間になったなんて自惚れるつもりはないけれど、改めてテオの家族に入れたような気がして嬉しい。

それにこれが王家から『借りてきたもの』とするなら、幸せな花嫁になる条件が全て揃ったというわけだ。

所詮は迷信だと、近頃ではあまり信じられていないのは確かだけれど、それでも何となく嬉しい。

「見ろよ。皆がセレナの美しさに夢中だ」

馬車の窓越しに皆へ手を振る間に、テオが嬉しそうに笑う。

「貴方だって最高に素敵よ」

今日のテオは、正礼装である黒のフロックコートに白のタイとベストという出で立ちだ。

元々端整な顔立ちをしている彼の正装姿は、惚れ惚れする程に素敵だ。

「そうか？　セレナがそう言ってくれると嬉しいな」

容姿を褒められるなど、うんざりするほど慣れているだろうに、まるで生まれて初めて褒められたかのようにテオが頬を染めて破顔する。

そんな彼の姿がとても可愛くて、セレナは思わずクスリと笑った。

「やれやれ。二人の世界に浸るのも結構だが、王族の結婚式だぞ？　もっと民衆にサービスしろよ」

不意に呆れたような声と共に、フェリがテオの影から飛び出す。

「フェリ⁉」

テオが少々不満そうな声を発したが、フェリは構わず片目をパチリと瞑り、羽で窓を指さす。

「ま、俺が盛り上げてやるからさ。窓を開けてくれよ」

「分かった」

テオが頷き、馬車の窓を大きく開け放った。

すると、待っていましたとばかりにフェリは空へと舞い上がる。

そして彼は大きく羽を広げ、クルクルと回転して優美に飛び始めた。

以前から解ってはいたが、フェリはかなりのナルシストであり、かつ自分の魅せ方をよく心得ている。

銀の翼をはためかせてゆったりと馬車の上を飛ぶ使い魔の姿に、人々がまた大きな歓声を挙げた。

「テオバルト殿下とセレナ王子妃の婚礼万歳！　お二人の未来に幸あらんことを！」

様々な歓声と祝福の言葉を受けながら、馬車は王都をゆっくりと進んでゆく。

大通りには人々が押し寄せており、今日はお祝いの旗がひっきりなしに振られていた。

セレナはテオと共に、両脇の人々に笑顔を向けて手を振り続ける。

ほんの一年近く前には、自分のこんな未来は想像もしていなかった。

それに、あの頃のセレナにもし自分の未来を話して聞かせたとしても『第三王子妃なんて絶対に無理！』と拒否しただろう。

だけど……。

「セレナ、疲れていないか？」

隣に座るテオが、手を振る合間にこっそりと小声で尋ねてくれた。

「ええ。緊張はしているけれど、テオが一緒だから大丈夫」

セレナが笑顔を向けると、テオもホッとしたように顔を綻ばせた。

「そうか……俺もセレナと一緒だから大丈夫だ」

そう言ってはにかんだテオの笑顔があまりにも眩しくて、セレナの全身にじわりと幸福感がこみ上げる。

テオだから。

大好きになった彼だったからこそ、その正体がどうであれ、共に人生を歩みたいと決意できた。

「セレナと結婚できて、本当に幸せだ」

テオがセレナの左手を取り、その薬指に輝く結婚指輪に口づける。

「私も……信じられないくらい幸せよ」

セレナもまた、テオの左手を取って同じ場所に口づけた。

わっとまた歓声が沸く中で、見つめ合い、微笑み合う。

「愛してる」

「愛しているわ。これからもずっと……」

お互いに囁きながら、軽く唇を触れ合わせるだけのキスをする。

——今、二人は間違いなく世界で一番幸せだ。

あとがき

蜜猫Ｆ文庫さまでは初めまして、小桜けいと申します。

今作は私の大好きな使い魔持ちの魔法使いがヒーローとなる作品だけあり、一番のお気に入りはやはりフェリです。

お調子者でナルシストのフェリは、この先に生まれるセレナ達の子どもとも楽しく付き合ってくれるでしょう。

イラストを担当してくださいました天路ゆうつづ先生は以前から憧れの方でしたので、素敵なデザインラフに、天にも昇る気分です。

また、今回も多大なご迷惑をかけてしまったにもかかわらず、温かいお言葉を下さいました担当編集者さま。その他にも本書に関わってくださいました全ての方々、そして本書をお読みになってくださいました読者さまに、心より御礼申し上げます。

それではまたお会いできましたら光栄です。

小桜けい

蜜猫F文庫をお買い上げいただきありがとうございます。
この作品を読んでのご意見・ご感想をお聞かせください。
あて先は下記の通りです。

〒102-0075 東京都千代田区三番町8番地1三番町東急ビル6F
(株)竹書房　蜜猫F文庫編集部
小桜けい先生 / 天路ゆうつづ先生

婚約者に裏切られた王宮司書は、変装した王子殿下に溺愛されて囲い込まれました!?

2024年11月29日　初版第1刷発行

著　者　小桜けい　©KOZAKURA Kei 2024
発行所　株式会社竹書房
〒102-0075
東京都千代田区三番町8番地1三番町東急ビル6F
email : info@takeshobo.co.jp
https://www.takeshobo.co.jp
デザイン　antenna
印刷所　中央精版印刷株式会社